人生文丛

林贤治 主编

纯厚人生

叶圣陶 著

花城出版社
中国·广州

图书在版编目（CIP）数据

纯厚人生 / 叶圣陶著. -- 广州：花城出版社，2024.1
（人生文丛 / 林贤治主编）
ISBN 978-7-5360-9446-8

Ⅰ. ①纯… Ⅱ. ①叶… Ⅲ. ①散文集－中国－现代 Ⅳ. ①I266

中国版本图书馆CIP数据核字（2022）第027591号

出 版 人：张 懿
特邀编辑：余红梅
项目统筹：揭莉琳　邹蔚昀
责任编辑：凌春梅
责任校对：袁君英　李道学
技术编辑：林佳莹
封面绘图：老 树
装帧设计：姚 敏

书　　名	纯厚人生 CHUNHOU RENSHENG
出版发行	花城出版社 （广州市环市东路水荫路11号）
经　　销	全国新华书店
印　　刷	佛山市迎高彩印有限公司 （佛山市顺德区陈村镇广隆工业区兴业七路9号）
开　　本	880毫米×1230毫米　32开
印　　张	7.625　2插页
字　　数	150,000字
版　　次	2024年1月第1版　2024年1月第1次印刷
定　　价	46.00元

如发现印装质量问题，请直接与印刷厂联系调换。
购书热线：020-37604658　37602954
花城出版社网站：http://www.fcph.com.cn

人生 | 看纷纭世态
文丛 | 读各色人生

写在"人生文丛"新版之前

20世纪90年代初,受出版社之邀,编选了"人生文丛",计二十种。恰逢第四届全国书市在广州举办,这套丛书成了场上的"骄子",被评为"十大畅销书"之一。此后一段时间,一版再版,受欢迎的程度超乎出版人的预想。其时,坊间腾起一股"散文热"。若果"人生文丛"算不上引燃物的话,至少,它提供的柴薪是增添了不少热量的。

五四开启了一个时代,星汉灿烂,人才辈出。新文学第一代作家的坚实的创作实践,奠定了"艺术为人生"的原则,影响至为深远。"人生文丛"乃从五四后三十年间,遴选有代表性的二十位作家的非虚构作品,也即我们惯称的散文,自然是广义的散文,除了一般的叙事之作,还包括演讲稿,以及带有隐私性质的日记、书信等。这些文字,烙上作者各自的人生印记,不同的思想和艺术个性,真诚、真实、真切,俾普通读者——英国作家伍尔夫郑重地使用了这个词,以它为一本文学评论集命名——借由文学更好地体察社会,思考人生,并从中获得美学的熏陶。

文丛初版时，编者分别使用了一个虚拟的"何氏家族"成员的代名。此次重版，恢复了编者的本名。

由于版权变易，初版时的林语堂、巴金已为丁玲、萧红所代替。单从人生富含的文化价值看，后者的意蕴恐怕更深。同样出于版权关系，未予收入张爱玲，这是可遗憾的。无论读文学，读人生，张爱玲都是不容忽略的。

新版"人生文丛"，对胡适、郭沫若、冰心、丰子恺等作家，各有篇幅不等的增订。私心里，总是期望选本能够尽善尽美，以贡献于广大读者之前，虽然自知这是很艰难的事。

编者

2023年6月

编辑者说

就作品的影响力而言，叶圣陶主要是一位小说家。究其实，他的散文作品甚丰，在艺术上也有着相当的成就，只是华彩为小说所掩，不太为人所注重罢了。

叶圣陶，1894年10月生于江苏苏州城内的一个平民家庭。原名绍钧，字秉臣，后改字圣陶。6岁到富家自设的家塾附读；11岁参加秀才考试，不中；12岁入公立高小，一年后考入草桥中学。中学时，与王伯祥、顾颉刚等组织诗社，名"放社"，后又组织国学问题研究会。辛亥革命前后，积极参加各种社会活动。1911年冬，中学毕业，因家境清贫不再升学，于次年春开始任小学教员。1914年，被排挤出小学，生活困苦，卖文为生。1915年，到上海商务印书馆附设的小学教国文，并为商务印书馆编写小学国文课本。1917年春，往甪直镇吴县县立高小任教，有志于教育改革。由于新文化运动的影响，创办《直声》文艺周刊，积极宣传新思潮，同时，向北京大学刊物《新潮》投稿，从此进入创作的旺期。

1921年1月，文学研究会成立，为发起人之一，并被邀作

《小说月报》和《晨报副刊》撰稿人。后应邀任杭州第一师范教员，与朱自清同为潘漠华等学生组织的"晨光文学社"顾问。1922年，与刘延陵、朱自清、俞平伯创办我国第一个新诗刊《诗》月刊；2月，应北京大学校长蔡元培聘请，任北大预科讲师，主讲作文课。是年，小说集《隔膜》及多人新诗合集《雪朝》出版，1923年，任商务印书馆编辑，迁居上海；12月，接编《文学周报》。1925年"五卅"惨案后，与郑振铎等创办《公理日报》，后创办《苏州评论报》，努力建立社会喉舌。是年，中国济难会成立，主编该会机关刊物《光明》。1927年，代编《小说月报》；在此期间，发现和培养了不少文学新人。1928年，长篇小说《倪焕之》出版。1930年，任开明书店编辑，先后主编《妇女杂志》《中学生》和《中学生文艺》。1935年，迁家苏州，后辗转至汉口、重庆、成都，同时从事教育、编辑和写作。抗战胜利后返回上海，仍任开明书店编辑，主持文艺家协会工作。中华人民共和国成立后，先后任中央人民政府出版总署副署长、教育部副部长兼人民教育出版社社长、总编辑。1964年，加入中国民主促进会，被推举为副主席。1980年，任中央文史研究馆馆长。1983年，当选为第六届全国政协副主席。1988年病逝。

所著散文集有《未厌居习作》《西川集》及《小记十篇》，后由其子搜集整理，成《叶圣陶散文》甲、乙两集。

叶圣陶的散文，有多种题材和式样。《没有秋虫的地方》《藕与莼菜》《将离》写闲愁，写乡愁，写离愁，都极富于情调。说到虫声，文章写道："所以心如槁木不如工愁多感，迷蒙的醒不如热烈的梦，一口苦水胜于一盏白汤，一场痛哭胜于哀乐两忘。……所以虫声终于是足系恋念的东西。何况劳人秋士独客思妇以外还有无量数的人，他们当然也是酷嗜趣味的，当这凉意微逗的时候，谁能不忆起那美妙的秋之音乐？"这里融化了关于人生的哲思在内的漂亮的抒情文字。他所说的趣味，与后来《论语》派提倡的"趣味"很不一样；他的趣味是人间的，有别于淡漠，而后者的趣味恰恰就是淡漠。作为一个写实主义作家，他所服膺的是现实，一待现实的鞭子抽来，他便连这点"趣味"也不惜抛弃，而代之以严肃与郁怒。《五月卅一日急雨中》就是最好的例证：

……血曾经淌在这块地方，总有渗入这块土里的吧。那就行了。这块土是血的土，血是我们的伙伴的血，还不够是一课严重的功课么？血灌溉着，血滋润着，将会看到血的花开在这里，血的果结在这里。

叶圣陶是一个天性纯厚的人。他以为，美与爱是人生的最大的意义，而且是"灰色"的人生转化为"光明"的必要条件。因此,他的散文在总体风格上,自然体现着他的人格理想,平淡淳朴,浑厚蕴藉。试看他写《看月》,写《三种船》,写《天井里的种植》,写《几种赠品》,笔法是何等的从容不迫。就算写《桡夫子》一类生活逼人的苦境,用笔也是含蓄的。怀友和悼亡的几篇,不用说是极深挚的文字了。然而,他的集中却存留着大量明白而激烈的政论性随笔,如《据理论而言》《冲破那寂静》《知识分子》《谈"利用"》等等。可见抗战以后国民党当局所造成的黑暗、专制、倒退的局面,是如何影响着、改变着一个具有社会良知的作家的作风。有怎样的时代,就有怎样的风格,不独文如其人也。

在作者一生中,后来也有不少文字失之粗率、枯瘠了些,这是很可教人惋惜的。但是,为人为文如此,已属难能可贵的了。

目 录

第一辑
琐 记

没有秋虫的地方 / 3

藕与莼菜 / 5

将离 / 8

客语 / 12

生活 / 19

丛墓似的人间 / 23

五月卅一日急雨中 / 28

骨牌声 / 32

卖白果 / 36

深夜的食品 / 39

苍蝇 / 43

看月 / 49

牵牛花 / 51

说书 / 53

昆曲 / 57

三种船 / 61

过节 / 72

天井里的种植 / 74

几种赠品 / 80

牛 / 84

假山 / 87

书桌 / 92

我坐了木船 / 100

驾长 / 103

桡夫子 / 106

白采 / 109

好友宾若君 / 112

从此不再听见他的声音 / 121

济之先生逝世 / 122

佩弦的死讯 / 125

第二辑

漫 与

过去随谈 / 131

一件烂棉袄 / 140

莫遗忘 / 142

愤愤 / 146

读书 / 147

读书的态度 / 149

假如我有一个弟弟 / 151

中年人 / 156

做了父亲 / 159

答复朋友们 / 164

第三辑

激　谈

"万方多难欲何之" / 169

苏州"光复" / 173

致死伤的同胞 / 176

知识分子 / 178

不一定要住在都会里 / 183

魔法 / 186

独善与兼善 / 190

从焚书到读书 / 195

有志青年何必一定要高攀学府的门墙 / 197

看报偶得 / 199

"胜利日"随笔 / 201

也算呼吁 / 204

暴露的效果 / 207

赠参加政治协商会议诸君 / 209

多说没有用，只说几句 / 212

据理论而言 / 213

又来挽《民主》 / 217

南京事件 / 218

致《文汇报》 / 220

谈"利用" / 221

冲破那寂静 / 223

第一辑

琐　记

一切事情用时行的话说总希望它"经济",用普通的话说起来就是"值得"。倘若有一个人用一把几十位的大算盘,将种种阶级的生活结一个总数出来,大家一定要大跳起来狂呼"不值得"。觉悟到"不值得"的时候就好了。

没有秋虫的地方

阶前看不见一茎绿草，窗外望不见一只蝴蝶，谁说是鹁鸽箱里的生活，鹁鸽未必这样枯燥无味呢。秋天来了，记忆就轻轻提示道："凄凄切切的秋虫又要响起来了。"可是一点影响也没有，邻舍儿啼人闹弦歌杂作的深夜，街上轮震石响邪许并起的清晨，无论你靠着枕头听，凭着窗沿听，甚至贴着墙角听，总听不到一丝秋虫的声息。并不是被那些欢乐的劳困的宏大的清亮的声音淹没了，以致听不出来，乃是这里根本没有秋虫。啊，不容留秋虫的地方！秋虫所不屑居留的地方！

若是在鄙野的乡间，这时候满耳朵是虫声了。白天与夜间一样地安闲；一切人物或动或静，都有自得之趣；嫩暖的阳光和轻淡的云影覆盖在场上，到夜呢，明耀的星月和轻微的凉风看守着整夜，在这境界这时间里唯一足以感动心情的就是秋虫的合奏。它们高低宏细疾徐作歌，仿佛经过乐师的精心训练，所以这样地无可批评，踌躇满志。其实它们每一个都是神妙的乐师；众妙毕集，各抒灵趣，哪有不成人间绝响的呢。

虽然这些虫声会引起劳人的感叹，秋士的伤怀，独客的微喟，思妇的低泣；但是这正是无上的美的境界，绝好的自然诗篇，不独是旁人最欢喜吟味的，就是当境者也感受一种酸酸的麻麻的味道，这种味道在另一方面是非常隽永的。

大概我们所薪求的不在于某种味道，只要时时有点儿味道尝尝，就自诩为生活不空虚了。假若这味道是甜美的，我们固然含着笑来体味它，若是酸苦的，我们也要皱着眉头来辨尝它：这总比淡漠无味胜过百倍。我们以为最难堪而极欲逃避的，惟有这个淡漠无味！

所以心如槁木不如工愁多感，迷蒙的醒不如热烈的梦，一口苦水胜于一盏白汤，一场痛哭胜于哀乐两忘。这里并不是说愉快乐观是要不得的，清健的醒是不必求的，甜汤是罪恶的，狂笑是魔道的；这里只是说有味远胜于淡漠罢了。

所以虫声终于是足系恋念的东西。何况劳人秋士独客思妇以外还有无量数的人，他们当然也是酷嗜趣味的，当这凉意微逗的时候，谁能不忆起那美妙的秋之音乐？

可是没有，绝对没有！井底似的庭院，铅色的水门汀地，秋虫早已避去惟恐不速了。而我们没有它们的翅膀与大腿，不能飞又不能跳，还是死守在这里。想到"井底"与"铅色"，觉得象征的意味丰富极了。

1923年8月31日作

藕与莼菜

　　同朋友喝酒，嚼着薄片的雪藕，忽然怀念起故乡来了。若在故乡，每当新秋的早晨，门前经过许多乡人：男的紫赤的胳膊和小腿肌肉突起，躯干高大且挺直，使人起健康的感觉；女的往往裹着白地青花的头巾，虽然赤脚，却穿短短的夏布裙，躯干固然不及男的那样高，但是别有一种健康的美的风致；他们各挑着一副担子，盛着鲜嫩的玉色的长节的藕。在产藕的池塘里，在城外曲曲弯弯的小河边，他们把这些藕一再洗濯，所以这样洁白。仿佛他们以为这是供人品味的珍品，这是清晨的画境里的重要题材，倘若涂满污泥，就把人家欣赏的浑凝之感打破了；这是一件罪过的事，他们不愿意担在身上，故而先把它们洗濯得这样洁白，才挑进城里来。他们要稍稍休息的时候，就把竹扁担横在地上，自己坐在上面，随便拣择担里过嫩的"藕枪"或是较老的"藕朴"，大口地嚼着解渴。过路的人就站住了，红衣衫的小姑娘拣一节，白头发的老公公买两支。清淡的甘美的滋味于是普遍于家家户户了。这样情形差不多是平常的日课，直到叶落秋深的时候。

　　在这里上海，藕这东西几乎是珍品了。大概也是从我们故乡运来的。但是数量不多,自有那些伺候豪华公子硕腹巨贾的帮闲茶房们把大部分抢去了;其余的就要供在较大的水果铺里,位置在金山苹果吕宋香芒之间,专待善价而沽。至于挑着担子在街上叫卖的,也并不是没有,但不是瘦得像乞丐的臂和腿,就是涩得像未熟的柿子,实在无从欣羡。因此,除了仅有的一回,我们今年竟不曾吃过藕。

这仅有的一回不是买来吃的,是邻舍送给我们吃的。他们也不是自己买的,是从故乡来的亲戚带来的。这藕离开它的家乡大约有好些时候了,所以不复呈玉样的颜色,却满被着许多锈斑。削去皮的时候,刀锋过处,很不爽利。切成片送进嘴里嚼着,有些甘味,但是没有那种鲜嫩的感觉,而且似乎含了满口的渣,第二片就不想吃了。只有孩子很高兴,他把这许多片嚼完,居然有半点钟工夫不再作别的要求。

想起了藕就联想到莼菜。在故乡的春天,几乎天天吃莼菜。莼菜本身没有味道,味道全在于好的汤。但是嫩绿的颜色与丰富的诗意,无味之味真足令人心醉。在每条街旁的小河里,石埠头总歇着一两条没篷的船,满舱盛着莼菜,是从太湖里捞来的。取得这样方便,当然能日餐一碗了。

而在这里上海又不然,非上馆子就难以吃到这东西。我们当然不上馆子,偶然有一两回去叨扰朋友的酒席,恰又不是莼菜上市的时候,所以今年竟不曾吃过。直到最近,伯祥的杭州亲戚来了,送他瓶装的西湖莼菜,他送给我一瓶,我才算也尝了新。

向来不恋故乡的我，想到这里，觉得故乡可爱极了。我自己也不明白，为什么会起这么深浓的情绪？再一思索，实在很浅显：因为在故乡有所恋，而所恋又只在故乡有，就萦系着不能割舍了。譬如亲密的家人在那里，知心的朋友在那里，怎得不恋恋？怎得不怀念？但是仅仅为了爱故乡么？不是的，不过在故乡的几个人把我们牵系着罢了。若无所牵系，更何所恋念？像我现在，偶然被藕与莼菜所牵系，所以就怀念起故乡来了。

所恋在哪里，哪里就是我们的故乡了。

1923年9月7日作

将 离

跨下电车，便是一阵细且柔的密雨。旋转的风把雨吹着，尽向我身上卷上来。电灯光特别昏暗，火车站的黑影兀立在深灰色的空中。那边一行街树，枝条像头发似的飘散舞动，萧萧作响。我突然想起：难道特地要叫我难堪，故意先期做起秋容来么！便觉得全身陷在凄怆之中，刚才喝下去的一斤酒在胃里也不大安分起来了。

这是我的揣想：天日晴朗的离别胜于风凄雨惨的离别，朝晨午昼的离别胜于傍晚黄昏的离别。虽然一回离别不能二者并试以作比较，虽然这一回的离别还没有来到，我总相信我的揣想是大致不谬的。然而到福州去的轮船照例是十二点光景开的，黄昏的离别是注定的了。像这样入秋渐深，像这样时候吹一阵风洒一阵雨，又安知六天之后的那一夜，不更是风凄雨惨的离别呢？

一点东西也不要动：散乱的书册，零星的原稿纸，积着墨汁的水盂，歪斜地摆着的砚台……一切保持原来的位置。一点变更也不让有：早上六点起身，吃了早饭，写了一些字，准时到办事的地方去,到晚回家,随便谈话,与小孩胡闹……一切都是平淡的生活。全然没有离别的气氛,还有什么东西会迫紧来?好像没有快要到来的这回事了。

记得上年平伯去国,我们一同在一家旅馆里,明知不到一小时,离别的利刃就要把我们分割开来了。于是一启口一举手都觉得有无形的线把我牵着,又似乎把我浑身捆紧;胸口也闷闷的不大好受。我竭力想摆脱,故意做出没有什么的样子,靠在椅背上,举起杯子喝口茶,又东一句西一句地谈着。然而没有用,只觉得十分勉强,只觉得被牵被捆被压得越紧罢了。我于是想:离别的气氛既已凝集,再也别想冲决它,它是非把我们拆开来不可的。

现在我只是不让这气氛凝集,希望免受被牵被捆被压的种种纠缠。我又这么痴想,到离去的一刻,最好恰正在沉酣的睡眠里,既泯能想,自无所想。虽然觉醒之后,已经是大海孤轮中的独客,不免引起深深的惆怅;但是最难堪的一关已经闯过,情形便自不同了。

然而这气氛终于会凝集拢来。走进家里,看见才洗而缝好的被袱,衫袴长袍之类也一叠叠地堆在桌子上。这不用问,是我旅程中的同伴了。"偏要这么多事,事已定了,为什么不早点儿收拾好!"我略微烦躁地想。但是必须带走既属事实,随时预备尤见从容,我何忍说出责备的话呢——实在也不该责备,只该感激。

然而我触着这气氛了,而且嗅着它的味道了,与上年在旅馆里感到的正是同一的种类,不过还没有这样浓密而已。我知道它将要渐渐地浓密,犹如西湖上晚来的烟雾;直到最后,它具有一种强大的力量,便会把我一挤;我于是不自主地离开这里了。

我依然谈话,写字,吃东西,躺在藤椅上;但是都有点儿异样,有点儿不自然。

夜来有梦,梦在车站月台旁。霎时火车已到,我急忙把行李提上去,身子也就登上,火车便疾驰而去了。似乎还有些东西遗留在月台那边,正在检点,就想到遗留的并不是东西,是几个人。很奇怪,我竟不曾向他们说一声"别了",竟不曾伸出手来给他们;不仅如此,登上火车的时候简直把他们忘了。于是深深地悔恨,怎么能不说一声,握一握手呢!假若说了,握了,究竟是个完满的离别,多少是好。"让我回头去补了吧!让我回头去补了吧!"但是火车不睬我,它喘着气只是向前奔。

这梦里的登程,全忘了月台上的几个人,与我痴心盼望的酣睡时离去,情形正相仿佛。现在梦里的经验告诉我,这只有勾引些悔恨,并不见得比较好些。那么,我又何必作这种痴想呢?然而清醒地说一声握一握的离别,究竟何尝是好受的!

"信要写得勤,要写得详;虽然一班轮船动辄要隔三五天,而厚厚的一叠信笺从封套里抽出来,总是独客的欣悦与安慰。"

"未必能够写得怎样勤怎样详吧。久已不干这勾当了;大的小的粗的细的种种事情箭一般地射到身上来,逐一对付已经够受了,知道还有多少坐定下来执笔的工夫与精神!"

离别的滋味假若是酸的,这里又搀入一些苦辛的味道了。

1923年9月12日作

客　语

　　侥幸万分的竟然是晴明的正午的离别。

　　"一切都安适了，上岸回去吧，快要到开行的时刻了。"似乎很勇敢地说了出来，其实呢，处此境地，就不得不说这样的话。但也不是全不出于本心。梨与香蕉已经买来给我了，话是没有什么可说了，夫役的扰攘，小舱的郁蒸，又不是什么足以赏心的，默默地挤在一起，徒然把无形的凄心的网织得更密罢了，何如早点儿就别了呢？

　　不可自解的是却要送到船栏边，而且不止于此，还要走下扶梯送到岸上。自己不是快要起程的旅客么？竟然充起主人来。主人送了客，回头踱进自己的屋子，看见自己的人。可是现在——现在的回头呢？

　　并不是懦怯，自然而然看着别的地方，答应"快写信来"那些嘱咐。于是被送的转身举步了。也不觉得什么，只仿佛心里突然一空似的（老实说，摹写不出了）。随后想起应该上船，便跨上扶梯；同时用十个指头梳满头散乱的头发。

　　倚着船栏，看岸上的人去得不远，而且正回身向这里招手。自己的右手不待命令，也就飞扬跋扈地舞动于头顶之上。

忽地觉得这刹那间这个境界很美，颇堪体会。待再望岸上人，却已没有踪迹，大概拐了弯赶电车去了。

没有经验的想象往往是外行的，待到证实，不免自己好笑。起初以为一出吴淞口便是苍茫无际的海天，山头似的波浪打到船上来，散为裂帛与抛珠，所以只是靠着船栏等着。谁知出了口还是似尽又来的沙滩，还是一抹连绵的青山，水依然这么平，船依然这么稳。若说眼界，未必开阔了多少，却觉空虚了好些；若说趣味，也不过与乘内河小汽轮一样。于是失望地回到舱里，爬上上层自己的铺位，只好看书消遣。下层那位先生早已有时而猝发的鼾声了。

实在没有看多少页书，不知怎么也朦胧起来了。只有用这朦胧二字最确切，因为并不是睡着，汽机的声音和船身的微荡，我都能够觉知，但仅仅是觉知，再没有一点思想一毫情绪。这朦胧仿佛剧烈的醉，过了今夜，又是明朝，只是不醒，除了必要坐起来几回，如吃些饼干牛肉香蕉之类，也就任其自然——连续地朦胧着。

这不是摇篮里的生活么？婴儿时的经验固然无从回忆，但是这样只有觉知而没有思想没有情绪，该有点儿相像吧。自然，所谓离思也暂时给假了。

向来不曾亲近江山的，到此却觉得趣味丰富极了。书室的窗外，只隔一片草场，闲闲地流着闽江。彼岸的山绵延重叠，有时露出青翠的新妆，有时披上轻薄的雾帔，有时不知从什么地方来了好些云，却与山通起家来，于是更见得那些山郁郁然有奇观了。窗外这草场差不多是几十头羊与十条牛的领土。看守羊群的人似乎不主张放任主义的，他的部民才吃了一顿，立即用竹竿驱策着，叫它们回去。时时听得仿佛有几个人在那里割草的声音，便想到这十头牛特别自由，还是在场中游散。天天喝的就是它们的奶，又白又浓又香，真是无上的恩惠。

卧室的窗对着山麓，望去有裸露的黑石，有矮矮的松林，有泉水冲过的涧道。间或有一两个人在山顶上樵采，形体藐小极了，看他们在那里运动着，便约略听得微茫的干草瑟瑟的声响。这仿佛是古代的幽人的境界，在什么诗篇什么画幅里边遇见过的。暂时充当古代的幽人，当然有些新鲜的滋味。

月亮还在山的那边，仰望山谷，苍苍的，暗暗的，更见得深郁。一阵风起，总是锐利的一声呼啸一般，接着便是一派松涛。忽然忆起童年的情景来：那一回与同学们远足天平山，就在高义园借宿，稻草衬着褥子，横横竖竖地躺在地上。半夜里醒来了，一点儿光都没有，只听得洪流奔放似的声音，这声音差不多把一切包裹起来了；身体颇觉寒冷，因而把被头裹得更紧些。从此再也不想睡，直到天明，只是细辨那喧而弥静静而弥旨的滋味。三十年来，所谓山居就只有这一回。而现在又听到这声音了，虽然没有那夜那么宏大，但是往后的风信正多，且将常常更甚地听到呢。只不知童年的那种欣赏的心情能够永永持续否……

这里有秋虫，有很多的秋虫，没有秋虫的地方究竟是该诅咒的例外。躺在床上听听，真是奇妙的合奏，有时很繁碎，有时很凝集，而总觉得恰合刚好，足以娱耳。中间有一种不知名的虫，它们的声音响亮而漫长，像是弦乐，而且引起人家一种想象，仿佛见到一位乐人在那里徐按慢抽地演奏。

松声与虫声渐渐地轻微又轻微，终于消失了……

仓前山差不多一座花园，一条路，一丛花，一所房屋，一个车夫，都有诗意。尤其可爱的是晚阳淡淡的时候，礼拜堂里送出一声钟响，绿荫下走过几个张着花纸伞的女郎。

跟着绍虞夫妇前山后山地走，认识了两相仿佛的荔枝树与龙眼树，也认识了长髯飘飘的生着气根的榕树，眺望了我们所住的那座山，又看了胭脂似的西边的暮云，于是坐在路旁的砖砌的矮栏上休息。渐渐地四围昏暗了，远处的山只像几笔极淡的墨痕染渍在灰色的纸上。乡间的女人匆匆地归去，走过我们身边，很自然地向我们看一看。那种浑朴的意态，那种奇异的装束（最足注目的是三支很长的银发钗，像三把小剑，两横一竖地把发髻拢住，我想，两个人并肩走时，横插的剑锋会划着旁人的头皮），都使我想到古代的人。同时又想，什么现代精神,什么种种的纠纷,都渺茫得像此刻的远山一样,仿佛沉在梦幻里了。

中秋夜没有月,这倒很好,我本来不希望看什么中秋月。与平常没有月亮的晚上一样,关在书室里,就着灯光下做了一点功课,就去睡了。

第二天的傍晚,满天是云,江面黯然。西风震动窗棂,"吉格"作响。突然觉得寂寥起来,似乎无论怎样都不好。但是又不能什么都不,总要在这样那样里占其一,这时候我占的是倚窗怅望。然而怅望又有什么意思呢?

绍虞似乎有点儿揣度得出,他走来邀我到江边去散步。水波被滩石所挡,激触有声。还有广遍而轻轻的风一般的音响平铺在江面上,潮水又退出去了。便随口念旧时的诗句:

潮声应未改,客绪已频更。

七年以前,我送墨林去南通。出得城来,在江滨的客店里歇宿候船,却成了独客。荒凉的江滨晚景已够叫人怅怅,又况是离别开始的一晚,真觉得百无一可了。聊学雅人口占一诗,藉以排遣。现在这两句就是这一首诗里的。唉,又是潮声,又是客绪!

所谓客绪，正像冬天的浓云一般，风吹不散，只是越凝集越厚，散步的药又有什么用处。回到屋里，天差不多黑了，我们暂时不点火，就在昏暗中坐下。我说："介泉在北京常说，在暮色苍茫之际，炉火微明，默然小坐，别有滋味。"绍虞接应了一声就不响了。很奇怪，何以我和他的声音都特别寂寞，仿佛在一个广大的永寂的虚空中，仅仅荡漾着这一些声音，音波散了，便又回复它的永寂。

想来介泉所说的滋味，一定带着酸的。他说"别有"，诚然是"别有"，我能够体会他的意思了。

点灯以后，居然送来了切盼而难得的邮件，昨天有一艘轮船到这里了。看了第一封，又把心挤得紧一点。第二封是平伯的，他提起我前几天作的一篇杂记，说："……此等事终于无可奈何，不呻吟固不可，作呻吟又觉陷于怯弱。总之，无一而可，这是实话。……"

似乎觉得这确是怯弱，不要呻吟吧。

但是还要去想，呻吟为了什么？恋恋于故乡么？故乡之足以恋恋的，差不多只有藕与莼菜这些东西了，又何至于呻吟？恋恋于鹁鸽箱似的都市里的寓居么？既非鹁鸽，又何至于因为飞开了而呻吟？老实地说，简括地说，只因一种愿与最爱与同居的人同居的心情，忽然不得满足罢了。除了与最爱与同居的人同居，人间的趣味在哪里？因为不得满足而呻吟，正是至诚的话，有什么怯弱不怯弱？那么，又何必不要呻吟呢？

呻吟的心本来如已着了火的燃料，浓烟郁结，正待发焰。平伯的信恰如一根火柴，就近一引，于是炽盛地燃烧起来了……

1923年10月1日作

生　活

　　乡镇上有一种"来扇馆"，就是茶馆，客人来了，才把炉子里的火扇旺，炖开了水冲茶，所以得了这个名称。每天上午九十点钟的时候，"来扇馆"却名不副实了，急急忙忙扇炉子还嫌来不及应付，哪里有客来才扇那么清闲？原来这个时候，镇上称为某爷某爷的先生们睡得酣足了，醒了，从床上爬起来，一手扣着衣扣，一手托着水烟袋，就光降到"来扇馆"里。泥土地上点缀着浓黄的痰，露筋的桌子上满缀着油腻和糕饼的细屑；苍蝇时飞时止，忽集忽散，像荒野里的乌鸦，狭条板凳有的断了腿，有的裂了缝；两扇木板窗外射进一些光亮来。某爷某爷坐满了一屋子，他们觉得舒适极了，一口沸烫的茶使他们神清气爽，几管浓辣的水烟使他们精神百倍。于是一切声音开始散布开来：有的讲昨天的赌局，打出了一张什么牌，就赢了两底；有的讲自己的食谱，西瓜鸡汤下面，茶腿丁煮粥，还讲怎么做鸡肉虾仁水饺；有的讲本镇新闻，哪家女儿同某某有私情，哪家老头儿娶了个十五岁的侍妾；有的讲些异闻奇事，说鬼怪之事不可不信，不可全信。有几位不开口的，他们在那里默听，微笑，吐痰，吸烟，支颐，遐想，指头轻敲桌子，默唱三眼一板的雅曲。迷蒙的烟气弥漫一室，一切形一切声都像在云里雾里。午饭时候到了，他们慢慢地踱回家去。吃罢了饭依旧聚集在"来扇馆"里，直到晚上为止，一切和午前一样。岂止和午前一样，和昨天和前月和去年和去年的去年全都一样。他们的生活就是这样了！

城市里有一种茶社，比起"来扇馆"就像大辂之于椎轮了。有五色玻璃的窗，有仿西式的红砖砌的墙柱，有红木的桌子，有藤制的几和椅子，有白铜的水烟袋，有洁白而且洒上花露水的热的公用手巾，有江西产的茶壶茶杯。到这里来的先生们当然是非常大方，非常安闲，洪亮的语音表示上流人的声调，顾盼无禁的姿态表示绅士式的举止。他们的谈话和"来扇馆"里大不相同了。他们称他人不称"某老"就称"某翁"，报上的记载是他们谈话的资料，或表示多识，说明某事的因由，或好为推断，预测某事的转变；一个人偶然谈起了某一件事，这就是无穷的言语之藤的萌芽，由甲而及乙，由乙而及丙，一直蔓延到癸，癸和甲是决不可能牵连在一席谈里的，然而竟牵连在一起了；看破世情的话常常可以在这里听到，他们说什么都没有意思都是假，某人干某事是"有所为而为"，某事的内幕是怎样怎样的；而赞誉某妓女称扬某厨师也占了谈话的一部分。他们或是三三两两同来，或是一个人独来；电灯亮了，坐客倦了，依旧三三两两同去，或是一个人独去。这都不足为奇。可怪的是明天来的还是这许多人；发出洪亮的语音，做出顾盼无禁的姿态还同昨天一样；称"某老""某翁"，议论报上的记载，引长谈话之藤，说什么都没有意思都是假，赞美食色之欲，也还是重演昨天的老把戏！岂止是昨天的，也就是前月，去年，去年的去年的老把戏。他们的生活就是这样了！

上海的马路上，来来往往的，谁能计算他们的数目。车马的喧闹，屋宇的高大，相形之下，显出人们的浑沌和微小。我们看蚂蚁纷纷往来，总不能相信它们是有思想的。马路上的行人和蚂蚁有什么分别呢？挺立的巡捕，挤满电车的乘客，忽然驰过的乘汽车者，急急忙忙横穿过马路的老人，徐步看玻璃窗内货品的游客，鲜衣自炫的妇女，谁不是一个蚂蚁？我们看蚂蚁个个一样，马路上的过客又哪里有各自的个性？我们倘若审视一会儿，且将不辨谁是巡捕，谁是乘客，谁是老人，谁是游客，谁是妇女，只见无数同样的没有思想的动物散布在一条大道上罢了。游戏场里的游客，谁不露一点笑容？露笑容的就是游客，正如黑而小的身体像蜂的就是蚂蚁。但是笑声里面，我们辨得出哀叹的气息；喜愉的脸庞，我们可以窥见寒噤的颦蹙。何以没有一天马路上会一个动物也没有？何以没有一天游戏场里会找不到一个笑容？他们的生活就是这样了。

我们丢开优裕阶级欺人阶级来看，有许许多多人从红绒绳编着小发辫的孩子时代直到皮色如酱须发如银的暮年，老是耕着一块地皮，眼见地利确是生生不息的，而自己只不过做了一柄锄头或者一张犁耙！雪样明耀的电灯光从高大的建筑里放射出来，机器的声响均匀而单调，许多撑着倦眼的人就在这里做那机器的帮手。那些是生产的利人的事业呀，但是……他们的生活就是这样了！

　　一切事情用时行的话说总希望它"经济"，用普通的话说起来就是"值得"。倘若有一个人用一把几十位的大算盘，将种种阶级的生活结一个总数出来，大家一定要大跳起来狂呼"不值得"。觉悟到"不值得"的时候就好了。

丛墓似的人间

上海有种种的洋房，高大的，小巧的，红得使人眼前晕眩的，白得使人悠然意远的，实在不少。在洋房的周围，有密叶藏禽的丛树，有交枝叠蕊的砌花，凉椅可以延爽，阳台可以迎月。在那里接待密友，陪伴恋人，背景是那样清妙，登场人物又是那样满怀欢畅，真可谓赏心乐事，神仙不啻了。但是我不想谈这些人和他们的洋房，我要引导读者到狭窄的什么弄什么里去。

在内地有这么一个称谓，叫做"上海式房子"，可见这种房屋的式样是起源于上海而流行到内地去的。我想，再减省不得再死板不过的格局，要数上海式的房子了。开进门去，真是井一样的一个天井。假如后门正开着，我们的视线就可以通过客堂，直望到后面一家人家的前门。客堂后面是一张峭直的扶梯，好让我们爬上楼去。最奇妙的，扶梯后面还不到一楼一底的高度，却区分为三，上是晒台，中称亭子间，下作灶房。没有别的了，尽在于此了。倘若要形容家家相同的情形，很可以说就像印板文字那样，见一个可以知道万万。住在这种房屋里的人们，差不多跟鸽子箱里的鹁鸽一样，一对对地伏在里边就是了，决说不到舒服，说不到安居，更说不到什么怡神悦性的佳趣。但是，假如一对夫妇能占这么一所房屋，他们就是十二分的幸运者，至少可以赠给他们"准贵族"的称号了；更有无量数的人，要合起好几对来，还附带各家的老的小的，才得以占这样一所房屋，他们连鹁鸽都不如呢！

最大的限度，这样一所房屋可以住七八家人家。待我指点明白，读者就不会以为是奇闻了。客堂以及楼面各用板壁划分为二，可以住下四家，这是天经地义，所以平淡无奇。亭子间可以关起门来自成小天地，当然住一家。各家的饭都在自己的领域里做，那么灶房里也可以住一家。在晒台顶上架起些薄板，只要像个形式，不管风来受冷，雨来受淋，就也可以住一个单身汉或者一对孤苦的老夫妇。再在楼板底下，客堂后半间的上面，搭成一个板阁，出入口就开在扶梯的半腰里，虽然出进非爬不可，虽然陈设不下什么床铺，两三个"七尺之躯"还容得下，所以也可以住一家。这不是八家了么？

情形如此，我们还称这是一所房屋，似乎不很适当了。试想夜深人睡的时候，这里与那里，上层与下层，都横七竖八躺满了人，这不是与北城郊外，白杨树下，新陈错杂的丛墓相仿佛么？所不同的，死人是错乱纵横躺在泥土之中，这些睡着的人是错乱纵横躺在浑浊不堪而其名尚存的空气之中罢了。

丛墓里的死人永远这样躺着，错乱纵横倒还没有什么关系，这些睡着的人可不然，他们夜间的墓场也就是白天的世界。一到晨梦醒来,竖起身子,大家就要在那里做种种活动;图谋生活的工作,维持生活的杂务,都得在这仅够横下身子的领域里干起来。他们只有身体与身体相摩,饭碗与便桶并列,坐息于床铺之上,烧饭于被褥之侧:今天,明天,今年,明年,"直到永远"!

在这个领域里实在也无从整理,当然谈不到带着贵族气息的卫生。苍蝇来与他们夺食,老鼠来与他们同居;原有的窗户因为分家别户不免少开几扇,一部分清新的空气就给挡驾了,于是疾病之神偷偷地溜了进来。这家煨破旧的泥炉,那家点无罩的煤油灯,于是祝融之神默默地在那里相度他的新领土。小孩在这个领域里产生出来,生活过来,不是面黄肌瘦,软弱无力,就是深深印着这么一个观念,杂乱肮脏就等于生活,于是愚蠢者卑陋者的题名册上又要添上许多名字。总之,这活人的丛墓面前清清楚楚标着这样几个无形的大字,就是"死亡,灾难,愚蠢"。

是谁把这什么弄什么里化成丛墓的呢?是谁驱使这许多人投入丛墓的呢?这些真是极其愚笨的问题。人家出不起独占一所屋子的钱,当然只好七家八家合在一起住。所以,如果要编派处分,谁也怪不得,只能怪住在丛墓里的人自己不好,你们为什么没有富足的钱!你们如果怪房东把房价定得太贵,房东将会回答你们说:"我是将本求利的,这房屋的利息是最公道的呢。我并不做三分息四分息的营生。你们不送我个'廉洁可风'的匾额，倒怪起我来了么！"你们如果去怪市政机关没有限制，没有全盘的规划，市政机关会回答你们说："就因为我们没有限制，你们才有个存身之处。有了限制，你们只好住到郊野去了！至于空阔舒畅的房屋尚没有人住的，某处有一所美国式的洋房，某处有一所带花园的别墅，某处某处有什么什么，你们为什么不去买来或租来住呢？"他们都不错，只有你们错，你们为什么没有富足的钱！

为千错万错的人们着想，只有两条路。其一，回复到上古的时代，空间跟清风明月一样，不用一钱买，在山巅水涯自由自在地造起房屋来。其二，提倡货真价实到二十四分的精神生活，尽管七家八家挤在一起，但是天理可以胜人欲，妙想可以移实感，所以大家能优游自适，无异处高堂大厦。

假如既已出了轨的世运的车是继续向前奔驶的，那么回复到原来的轨道是没有希望了，第一条路通不过去了。假如理学不昌，生活不能不依赖物质，那么七家八家死挤，总是莫大的悲哀，第二条路又通不过去了。

这似乎颇有点绝望。但是也不尽然。平心而论，同是一个人，所占空间应该是同样大小，没有一个人配特别占得多，也就没有一个人该特别占得少。你能说出谁配多占谁该少占的理由么？能够做到所占均等，能够做到人人得有整洁舒适的居所，那么，丛墓就恢复为人间了。这决不是开起倒车，退到歧路那儿，然后郑重前进的办法所能办到的。这须得加速度前进，飞越旧的轨道，转上那新的轨道。

　　什么事情的新希望都在于转上新的轨道。困在丛墓中而感到悲哀的人们，就为这一点悲哀，已经有奔向新的轨道的必要了。

1924年7月19日作

五月卅一日急雨中

从车上跨下，急雨如恶魔的乱箭，立刻打湿了我的长衫。满腔的愤怒，头颅似乎戴着紧紧的铁箍。我走，我奋疾地走。

路人少极了，店铺里仿佛也很少见人影。哪里去了！哪里去了！怕听昨天那样的排枪声，怕吃昨天那样的急射弹，所以如小鼠如蜗牛般蜷伏在家里，躲藏在柜台底下么？这有什么用！你蜷伏，你躲藏，枪声会来找你的耳朵，子弹会来找你的肉体，你看有什么用？

猛兽似的张着巨眼的汽车冲驰而过，泥水溅污我的衣服，也溅及我的项颈，我满腔的愤怒。

一口气赶到"老闸捕房"门前，我想参拜我们的伙伴的血迹，我想用舌头舔尽所有的血迹，咽入肚里。但是，没有了，一点儿没有了！已经给仇人的水龙头冲得光光，已经给烂了心肠的人们踩得光光，更给恶魔的乱箭似的急雨洗得光光！

不要紧，我想。血曾经淌在这块地方，总有渗入这块土里的吧。那就行了。这块土是血的土，血是我们的伙伴的血，还不够是一课严重的功课么？血灌溉着，血滋润着，将会看到血的花开在这里，血的果结在这里。

我注视这块土，全神地注视着，其余什么都不见了，仿佛自己整个儿躯体已经融化在里头。

抬起眼睛，那边站着两个巡捕：手枪在他们的腰间；泛红的脸上的肉，深深的颊纹刻在嘴的周围，黄色的睫毛下闪着绿光，似乎在那里狞笑。

手枪，是你么？似乎在那里狞笑的，是你么？

"是的，是的，就是我，你便怎样！"——我仿佛看见无量数的手枪在点头，仿佛听见无量数的张开的大口在那里狞笑。

我舔着嘴唇咽下去，把看见的听见的一齐咽下去，如同咽一块粗糙的石头，一块烧红的铁。我满腔的愤怒。

雨越来越急，风把我的身体卷住，全身湿透了，伞全然不中用。我回转身走刚才来的路，路上有人了。三四个，六七个，显然可见是青布大褂的队伍，中间也有穿洋服的，也有穿各色衫子的短发的女子。他们有的张着伞，大部分却直任狂雨乱泼。

他们的脸使我感到惊异。我从来没有见到过这么严肃的脸，有如昆仑之耸峙；我从来没有见到过这么郁怒的脸，有如雷电之将作。青年的清秀的颜色退隐了，换上了北地壮士的苍劲。他们的眼睛将要冒出焚烧一切的火焰，抿紧的嘴唇里藏着咬得死敌人的牙齿……

佩弦的诗道："笑将不复在我们唇上！"用来歌咏这许多

张脸正适合。他们不复笑，永远不复笑！他们有的是严肃与郁怒，永远是严肃的郁怒的脸。

青布大褂的队伍纷纷投入各家店铺，我也跟着一队跨进一家，记得是布匹庄。我听见他们开口了，差不多掏出整个的心，涌起满腔的血，真挚地热烈地讲着。他们讲到民族的命运，他们讲到群众的力量，他们讲到反抗的必要；他们不惮郑重叮咛的是"咱们一伙儿！"。我感动，我心酸，酸得痛快。

店伙的脸比较地严肃了；他们没有话说，暗暗点头。

我跨出布匹庄。"中国人不会齐心呀！如果齐心，吓，怕什么！"听到这句带有尖刺的话，我回头去看。

是一个三十左右的男子，粗布的短衫露着胸，苍暗的肤色标记他是在露天出卖劳力的。他的眼睛里放射出英雄的光。

不错呀，我想。露胸的朋友，你喊出这样简要精炼的话来，你伟大！你刚强！你是具有解放的优先权者！——我虔诚地向他点头。

但是，恍惚有蓝袍玄褂小髭须的影子在我眼前晃过，玩世的微笑，又仿佛鼻子里轻轻的一声"嗤"。接着又晃过一个袖手的，漂亮的嘴脸，漂亮的衣着，在那里低吟，依稀是"可怜无补费精神"袖手的幻化了，抖抖地，显出一个瘠瘦的中年人，如鼠的觳觫的眼睛，如兔的颤动的嘴唇，含在喉际，欲吐又不敢吐的是一声："怕……"

我如受奇耻大辱，看见这种种的魔影，我愤怒地张大眼睛。什么魔影都没有了,只见满街恶魔的乱箭似的急雨。

微笑的魔影,漂亮的魔影,惶恐的魔影,我诅咒你们!你们灭绝!你们消亡!永远不存一丝儿痕迹于这块土上!

有淌在路上的血,有严肃的郁怒的脸,有露胸朋友那样的意思,"咱们一伙儿",有救,一定有救,——岂但有救而已。

我满腔的愤怒。再有露胸朋友那样的话在路上吧?我向前走去。

依然是满街恶魔的乱箭似的急雨。

1925年5月31日作

骨牌声

走进里里,总弄的靠墙角的一盏盏电灯全都亮了,在第四盏灯底下,一张轻便的桌子斜角摆着,四个女人围着"打麻将"。她们不用扇扇子,也不在周身乱拍乱搔,像其他乘凉的人那样;大概暑气与蚊虫都与她们疏远了。

这使我想到伯祥近来的一夜的失眠。伯祥的屋子是带"跨街楼"的,就把跨街楼作为卧室。那一晚他上床睡了,来了!就在楼底下送来倒出一盒骨牌的声音,接着就是抹牌的声音,碰牌的声音,人的说笑,惊喜,埋怨,随口詈骂,种种的声音。先前医生给伯祥诊察过,说他的血浆比较薄,心脏不很强健;影响到心理,就形成感觉敏锐。这楼下的声音并不细微,当然立刻引起他的注意,朦胧的倦意就消失了。声音继续不绝,他似乎被强迫地一一去听,同时对于将要失眠了又怀着越来越凶的惴惴。楼下的人兴致不衰,一圈一圈打下去,直到炮车似的粪车动地震耳地推进里里来了,他们方才歇手。谁输谁赢自然是确定了,或者大家还觉得有点儿软软的倦意;但是他们必然料不到楼上的伯祥也陪着他们一夜不曾合眼。

在我家听力所及的四围的邻居中,也常常有通宵打牌的。

我是出名的贪睡汉，并不曾因此失眠过一回，像伯祥那样。在我还没有睡的时候，听见他们抹牌，很不经意地想，"他们打牌了"，随后也就安然，躺下不多时，就睡熟了。偶尔半夜里醒来，又听见他们抹牌，朦朦胧胧地想，"他们还没有歇手呢"，一转身，又睡熟了。直到小女孩醒了，我似乎被她闹醒，看窗上已经布满含有希望的青光，这时候又听见他们抹牌，轻轻地，慢慢地，似乎乏力的样子；这才知道他们打了通宵的牌。

不是没有白天打牌的；据家里人说，日里头也常听见骨牌桌子相击的声音；不过我日里头在家的时候少，就觉得打牌的事总是夜里发生的多了，然而有几回回家吃午饭的时候，也曾听得拍拍劈劈的骨牌响。

有人说："游戏而至于打麻将，可说最没有趣味的了，组织这么简单，一点儿用不着费心思，有什么好玩！"说这句话如果意在劝人不要打麻将，简直是不通世务的读书官人说的，明白的人决不会这么说。

现在先讲趣味。趣味是须经旁人判定的呢，还是在于本身的体会？这似乎无须讨论，当然，在于本身的体会；别人固然可以代我判定，但是没有办法使我与他同感。譬如别人尽可以向我说大蒜是最爽口的东西，但是我总觉得大蒜的恶臭不堪向迩；别人又可以向我说这西瓜不好，不要吃吧，但是我总不肯舍弃，因为凡西瓜不论好坏我都爱吃：这有什么办法呢？

那些朝打牌夜打牌的男人们，大概有个职业，他们认定职业是为着吃饭的，天生就一张嘴一副肠胃，就不能不从职业上弄到一点消费的材料；这里头颇含勉强的意思，即使有趣味也淡得很了；不然，为什么工人喜欢歇工，教员爱听放假呢？那些女人们，大概担负大部分的家务，她们认定家务是自己先天注定的重负，为男人，为孩子，为全家族，都是不可推诿的；这就未必是心甘情愿的了，似乎说不上有什么趣味；不然，为什么弄口电灯底下，常常有两三个女人在那里互诉家务的辛劳呢？至于一些游手好闲的男女，东家靠一靠就是一两点钟，西家坐一坐就是半天，谈些捉到几个臭虫，昨夜给蚊虫扰了一夜的事，实在也是莫可奈何，才做这种无聊的消遣，如果要他们说一声"这很有趣味"，我猜想他们未必愿意答应吧。

　　人总爱做点有趣味的事，藉以消解种种的劳困与无聊。他们有什么事情可做呢？你说，为什么不去欣赏艺术？不错，但是欣赏须得有素养，他们有么？你又说，为什么不去逛公园？不错，但是逛公园男的须穿起洋服，女的也须打扮得体面一点，这岂是人人办得到的事？房屋是丛墓的样子，三家四家的人统统砌在一楼一底里，身也转不得，更不用说北窗消暑，月院乘凉了。好在桌子是现成摆在那里的，骨牌是祖传或新置的，倒不如就此坐拢来，打这么八圈十二圈。心有所注，暑气全消了，蝇蚊也似乎远引了，趣味一。大家说打牌是写意（"写意"是苏沪一带人常说的，含有漂亮、舒服、轻快，推开责任等等意思，这里指舒服）的事，现在居然身为写意的事，同大大小小的写意人一样，趣味二。或者幸运光临，还可以有赢到几个铜元几个银角子的希望，如同中了什么奖券的小彩，趣味三。谁说是没有趣味呢！

其次讲用心思，这尤其是简单不过的。你以用心思为有味，也许人家以不用心思为有味；彼此如果因此争论起来，结果当是谁也不能折服谁。况且向来不曾用过心思的，你定要他非用心思不可，岂不叫他头痛？他们说，麻将之所以使我们欢喜，就在于一点儿用不着费心思；你又有什么话说？

世间不通世务的读书官人究竟不多，做点有趣味的事这个观念究竟是普遍的，于是我们常常听见骨牌声了。

1924年8月16日作

卖白果

总弄里边不知不觉笼上昏黄的暮色，一列电灯亮起来了。三三两两的男子和妇女站在各弄的口头，似乎很正经的样子，不知在谈些什么。几个孩子，穿鞋没拔上跟，他们互相追赶，鞋底擦着水门汀地，作"替替"的音响。

这时候，一个挑担的慢慢地走进弄来，他向左右观看，顿一顿再向前走两三步。他探认主顾的习惯就是如此；主顾确是必须探认的，不然，挑着担子出来难道是闲耍么？走到第四弄的口头，他把担子歇下来了。我们试看看他的担子。后头有一个木桶，盖着盖子，看不见盛的是什么东西。前头却很有趣，装着个小小的炉子，同我们烹茶用的差不多，上面承着一只小镬子；瓣状的火焰从镬子旁边舔出来，烧得不很旺。在这暮色已浓的弄口，便构成个异样的情景。

他开了镬子的盖子，用一只蚌壳在镬子里拨动，同时不很协调地唱起来了："新鲜热白果，要买就来数。"发音很高，又含有急促的意味。这一唱影响可不小，左弄右弄里的小孩子陆续奔出来了，他们已经神往于镬子里的小颗粒，大人在后面喊着慢点儿跑的声音，对于他们只是微茫的喃喃了。

据平昔的经验，听到叫卖白果的声音时，新凉已经接替了酷暑；扇子虽不至于就此遭到捐弃，总不是十二分时髦的了；因此，这叫卖声里似乎带着一阵凉意。今年入秋转热，回家来什么也不做，还是气闷，还是出汗。正在默默相对，仿佛要叹息着说莫可奈何之际，忽然送来这么带着凉意的一声两声，引起我片刻的幻想的快感，我真要感谢了。

　　这声音又使我回想到故乡的卖白果的。做这营生的当然不只是一个，但叫卖的声调却大致相似，悠扬而轻清，恰配作新凉的象征；比较这里上海的卖白果的叫卖声有味得多了。他们的唱句差不多成为儿歌，我小时候曾经受教于大人，也摹仿着他们的声调唱：

> 烫手热白果，
> 香又香来糯又糯；
> 一个铜钱买三颗，
> 三个铜钱买十颗。
> 要买就来数，
> 不买就挑过。

　　这真是粗俗的通常话，可是在静寂的夜间的深巷中，这样不徐不疾，不刚劲也不太柔软地唱出来，简直可以使人息心静虑，沉入享受美感的境界。本来，除开文艺，单从声音方面讲，凡是工人所唱一切的歌，小贩呼唤的一切叫卖声，以及戏台上红面孔白面孔青衫长胡子所唱的戏曲，中间都颇有足以移情的。我们不必辨认他们唱的是些什么话，含着什么意思，单就那调声的抑扬徐疾送渡转折等等去吟味；也不必如考据家内行家那样用心，推究某种俚歌源于什么，某种腔调是从前某老板的新声，特别可贵；只取足以悦我们的耳的，就多听它一会；这样，也就可以获得不少赏美的乐趣。如果歌唱的也就是极好的文艺，那当然更好，原是不待说明的。

这里上海的卖白果的叫卖声所以不及我故乡的，声调不怎么好自然是主因，而里中欠静寂，没有给它衬托，也有关系。全里的零零碎碎的杂声，里外马路上的汽车声，工厂里的机器声，搅和在一起，就无所谓静寂了。即使是神妙的音乐家，在这境界中演奏他生平的绝艺，也要打个很大的折扣，何况是不足道的卖白果的叫卖声呢。

但是它能引起我片刻的幻想的快感，总是可以感谢而且值得称道的。

1924年8月22日作

深夜的食品

里的总门虽然在九点钟光景关上了，总门上的小门，仅容一个人出入的，却终夜开着。房主以为这是便利住户的办法，随便什么时候要进要出都可以；门口就有看门人睡在那里，所以疏失是不至于有的。这想法也许不错，随时可以进出确实便利；然而里里边却出了好几回疏失，贼骨头带着住户的东西走了。这是否由于小门开着的便利，固然不能确凿断定。

我想有一些人必然感激这小门的开着，是不容怀疑的，那就是挑售食品的小贩们。我中夜醒来（这是难得的事），总听见他们的叫卖声："五香茶叶蛋！""火腿热粽子！""五香豆腐干！""桂花白糖莲心粥！"还有些是广东人呼喊的，用心细辨也辨不清，只听见一连串生疏的声音而已。这时候众喧已息，固然有些骨牌声、笑语声、儿啼声在那里支持残局，表示这里里的人还没有全部入睡，但究竟不比白天的世界了。这些叫卖声大都是沙哑的；在这样的境界里传送过来，颤颤地，寂寂地，更显出这境界的凄凉与空虚。从这些声音又可以想见发声者的形貌，枯瘦的身躯，耸起的鼻子与颧颊，失神的眼睛，全没有血色的皮肤；他们提着篮子或者挑着担子，举起一步似乎提起一块石头,背脊是弯得像弓了。总之,听了这声音就会联想到《黑籍冤魂》里的登场人物。

有卖东西的,总有吃东西的。谁在深夜里还买这些东西吃呢?这可以断然回答,决不是我们。我家向来是早睡的,至迟也不过十一点钟(当然也是早起的)。自从搬到乡下去住了三年,沾染了鄙野的习俗,益发实做其太古之民了。太阳还照在屋顶,我们就吃晚饭;太阳没了,我们就"日入而息",灯自然要点一点的,然而只有一会儿工夫。近来搬到这文明的地方上海来住,论理总该有点进步,把鄙野的习染洗刷去一部分,但是我们的习染几乎化为本性了;地方虽然文明,与我们的鄙野全不相干,我们还是早吃晚饭早睡觉。有时候朋友来访,我们差不多要睡了,就问他们:"晚饭吃过了吧?"谁知他们回答得很妙:"才吃过晚点,晚饭还差两三个钟头呢。"这使我惭愧了,同时才想起他们是久居上海的,习染自然比我们文明得多。像我们这样的情形,决不会特地耽搁了睡觉,等着买五香茶叶蛋等等东西吃的;更不会一听到叫卖声就从床上爬起来,开门出去买。所以半夜的里里虽然常常颤颤地寂寂地喊着什么什么东西,而我们决非他们的主顾。

那么他们的主顾是谁呢?我想那些神明不衰,通宵打牌的男男女女总该是其中的一部分。他们尚未睡眠,胃的工作并不改弱,到半夜里,已经把吃下去的晚餐消化得差不多了,怎禁得那些又香又甜又鲜美的名称一声声地引诱,自然要一口一口地咽唾沫了。手头赢了一点的呢,譬如少赢了一些,就很慷慨地买来吃个称心如意(黄包车夫在赌场门口候着一个赌客,这赌客正巧是赢了钱的,往往在下车的时候很不经意地给车夫过量的钱,洋钱当作毛钱用;何况五香茶叶蛋等等东西是自己吃下去的,当然格外地慷慨了)。输了的呢,他想藉此告一小段落,说不定运气就会转变过来;把肚皮吃得充实些,头脑也会灵敏得多,结果"返本出赢钱",吃的东西还是别人会的钞。他这么想的时候,就毫不在乎地喊道,"茶叶蛋,来三个!""莲心粥,来一碗!"

其次,与叫卖者同属黑籍的人们当然也是主顾。叫卖者正吞饱了土(烟土)皮,吃足了什么丸,精神似乎有点回复,才出来干他们的营生;那些一榻横陈,一枪自持的,当然也正是宿倦已消,情味弥住的当儿,他们彼此做个交易,正是适合恰当,两相配合。抽大烟的人大都喜欢吃烫热的东西,有的欢喜吃甜腻的东西。那些待沽的东西几乎全是烫热的,都搁在一个小炉子上,炉子里红红地烧着炭屑;而卖火腿热粽子的,也带着猪油豆沙粽,白糖枣子粽;这可谓恰投所好了,买来吃下去,烫的感觉,甜的滋味,把深夜拥灯的情味益发提起来了,于是又重重地深深地抽上几管烟。

其他像戏馆里游戏场里散归的游人,做夜间工作的像报馆职员之类,还有文明的习染已深,非到两三点钟不睡的居民,他们虽然不觉得深夜之悠悠,或者为着消消闲,或者为着点点饥，也就喊住过路的小贩买一些东西吃。所以他们也是那些深夜叫卖者的主顾。

我想夜间的劳工们未必是主顾吧。老板伙计一身兼任的鞋匠，扎鞋底往往要到两三点钟；豆腐店里的伙计，黄昏时候就要起身磨豆腐了；拉夜班的黄包车夫，是义务所在，终夜不得睡觉的，他们负着自己和全家的生命的重担，就是加倍努力地做一夜的工作，也未必能挣得到够买一个茶叶蛋一只火腿粽的闲钱来；他们虽然听着那些又香又甜又鲜美的名称而神往，而垂涎，但是哪里敢真个把叫卖者喊住呢！

他们不敢喊住，对于叫卖者却没有什么影响，据同里的人谈起，以及我偶尔醒来的时候听见的，知道茶叶蛋等等是每晚必来的；这足以证明那些东西自会卖完，这一宗营生决不因为我们这样鄙野的人以及劳工们的不去作成它而会见得衰颓的。

1924年8月26日作

苍 蝇

住在这里里,第一件不如意的事要数苍蝇的纷扰了。晨光才露,我们还没有起来,就听见昏昏的嚷嚷之声。等到一开门,又扑头扑面地飞进许多新客,它们与隔宿留在这里的旧客合伙,于是嚷嚷之声使你心烦意乱,不知如何是好。

市上的苍蝇拍脆弱得可怜,用不到两三天便纱穿柄脱,只剩三四分的效用了。妻不愿意再买,自己去买了一方铁纱,手制成三个苍蝇拍;那铁纱颇结实,拿着虽觉重一些,而所向必能奏功,那是不待试验的。于是妻一个,母一个,孩子也是一个,捕蝇队居然组织起来了;别的都不管,一心一意只在于拍,拍,拍,差不多半天工夫才停手。地上的蝇尸足有一酒杯的容积,若在夸耀武功的人,这也足以"取其鲸鲵而封之,以为京观"了。又把吃饭的桌子储菜的橱子以及地板都用水冲过抹过,以免招引未来的新客。这时候耳根特别清静,脸上手上也没有刺得痒痒的感觉,大家很安适。

但是,我家没有富翁准富翁家里所有的铁纱门窗。出进是不得不开门的,为要透气,窗又不得不开着,不多一会儿工夫,不招自至的新客又从门外窗外飞进来了。起初只略见几个在眼前掠过,继而就成轻微的营营,终于是不可堪的骚扰了。

于是捕蝇队继续努力,不休不歇,只是拍,拍,拍。

这样经过了三五天,妻觉得无聊了:几个人什么也不做,却一天到晚不得空,只是拿着这劳什子拍,拍,拍,算个什么呢!她提议改用捕蝇纸,以为这是以逸待劳,而且或许可以一网打尽的办法。那一天我到租界去,就买了几张捕蝇纸回来。

捕蝇纸上确乎粘住不少苍蝇,到处横飞的现象也似乎觉得好些。至于一网打尽,却还远之又远。那些苍蝇不飞到铺着蝇纸的地方去。犹如野兽在没有陷阱的地方逍遥,就奈何它们不得。有些已经走近了那纸的胶质,用口器或前脚轻轻去探一探,就振翅飞去了。看它们那样轻捷的姿态,似乎故意表示警觉与狡狯。捕蝇纸对它们自然是失败了。为补救这等缺点起见,捕蝇队还是不能退伍,还是要常常拿起这劳什子来拍,拍,拍。

这个里在去年还是一片荒地,是粪尿废物的积聚所。苍蝇曾在这一片地上有过一段繁盛的历史,那是可想而知的。自从房屋落成,道路铺好以后,我想去冬来死的老苍蝇定有今昔之感了。幸而还有几个垃圾桶,它们可以在那里长养子孙,绵延族类。里中住户大概是"多一事不如少一事"之流,他们开了桶盖,倒了垃圾,转身就走,桶盖就让它开着。他们家里吃了饭或是瓜果,所有骨壳皮核渣滓之类就随手向门外丢,省却一番洒扫的麻烦。这对于苍蝇实在是无上功德:它们在垃圾桶里闷得慌，桶盖开着，就可以自由自在出来看看广大的世界；它们没有可口的东西吃，无谓游行也未必有趣，骨壳之类遍地，就无往而不写意了。安知那营营的声音里，它们不是在唱"被人类劫夺了的领土，现在光复了"的得胜歌呢。

我们觉得苍蝇可厌，希望它们不要来骚扰我们，根本的办法，自然在于做到这里里没有苍蝇。简单想想，似乎这一点不难办到。凡是苍蝇的发祥地，如垃圾桶之类，都给它倒些杀虫药水；垃圾桶盖每开必关，骨壳之类一定要倒在垃圾桶内，以免游行的苍蝇饱吃和追逐；捕蝇拍和捕蝇纸家家必备，有飞进门来的，总不让它侥幸生还：这样，不消半个月工夫，就可以做到一个苍蝇都没有了——这算得难办的事么？

怎么能约齐家家户户一起合作呢？这似乎不成问题；我们想起了这办法，就由我们向邻居传说，这是最方便不过简单不过的。除尽了苍蝇，大家舒服，不光是我们一家受到好处，哪会有不赞成的道理？

但是，我们的经验开口了："不然，大不然。你劝他们把垃圾桶盖关了，他们说偏不高兴关，你怎么样？你劝他们不要把骨壳等物丢在路上，他们说偏爱这么丢，你怎么样？你劝他们扑灭苍蝇，买拍子，买灭蝇纸，他们说没有这等闲钱闲工夫，或者爽性回答你一句，他们不怕什么苍蝇，你又怎么样？所以约齐家家户户一起合作，不过是个梦想罢了！"

经验的那种老练的腔调每足使希望的心爽然若失；它这样

说，我们的办法不就等于无法么？"这个里将永远是苍蝇的世界，"我们想，"澄清既无望，还是搬到别处地方，没有苍蝇的地方去住罢。"

但是，这实在是腐败的不道德的思想！我们搬走了，不是就有一家搬来住么？我们怕苍蝇，所以要搬走，却让给了后一家，难道他们就命该受苍蝇的累么？譬如吃一样东西，我们尝了一点儿，发现这是含毒的，就吐掉嘴里的，丢掉手里的，自顾自走开了。人家不知道，拣起地上的东西，无心地大嚼起来，结果不是牺牲一命，就是沉疴三月；这不是我们的罪恶么？所以凡是尝到了毒物，最正当的办法是先把毒物消灭净尽，再进一步，想法制成无毒有益的东西供大家吃；倘若舍此不图，就是腐败，就是不道德！而搬到别处去住的思想正与随手丢掉毒物的情形相仿佛，这怎么能要得！由此类推，住在上海地方的人说上海太污浊，须得离开它；住在中国地方的人说中国太不堪了，须得抛弃它，也同样是腐败的不道德的思想。唯其污浊，唯其不堪，我们一定要住在这里；使它干净，使它像样，是我们最低限度的责任；改造成个灿烂的上海，涌现出个庄严的中国，是我们进一步的努力。到了那个时候，情形又不同了，高兴住的当然住下，想换换空气的就不妨离开，因为与道德不道德的问题没有关系了。

话说开来了，现在回过来：总之，搬到别处去的办法是要不得的。那么，装起铁纱的门窗来，行么？我们并不主张还淳返朴，现在固然未必装得起，可是确乎希望有一天家家户户装起铁纱门窗来。然而，即使家家户户装起了铁纱门窗，若不从扑灭苍蝇这方面下手，苍蝇还是要猖狂的；它们进不进我们的居屋，就在路上扑头扑面地飞舞；偶尔闪了进来，就像进了养老院，终身隐居于此了。

至此，我们可以制定一句格言："我们嫌苍蝇讨厌，只有一法，就是扑灭它们。"

而单独扑灭之不能收效，我们的经历已经证明了；所以上面的格言还得修正为以下的说法："我们嫌苍蝇讨厌，只有一法，就是联合邻里共同扑灭它们。"

这真像苏州城外坐马车，绕了一个圈子，依旧回到原地方了。我们的经验不是已经说过，这是个梦想么？

不错，我们的经验确曾这么说。但是，一切梦想如能不致发生，发生之后如能马上消散，那自然没有什么；设或不能，梦想在前头诱引着，我们在这里可望而不可及，总是一种莫甚的懊丧。这只有奋力向前，终于跨进梦想的实境，把经验先生的见解修正一下，才能彻底排除这种懊丧。除此之外，再没有丝毫的办法，唯有终于懊丧而已。

所以我们要扑灭苍蝇，想联合邻里通力合作，虽然被经验先生嗤为梦想，我们却只有走这一条路。怀着梦想的既是我们，当然先由我们向邻里们一一传告。这当儿，"偏要这样，不高兴那样"的回声是必然会有的，但这算得了什么！给孩子们吃药,不是总回你个哭脸么?我们还是凭我们的真诚与理由,锲而不舍地向他们陈诉。总有一天,他们会觉得垃圾桶是非关不可的,骨壳等物是非当心收拾不可的,买蝇拍灭蝇纸并非浪费的开支,拍拍苍蝇并非无聊的消遣;总而言之,他们也觉得苍蝇是必须扑灭的了。于是通力合作,处处注意,不消半个月,苍蝇就可以消声绝迹。于是在这原先苍蝇猖狂的里中,也得享受没有一个苍蝇的欢乐。

这当然是大众的舒服。然而我们的得以享受这舒服,不得不感激邻里们的明达与努力;因为他们是我们仅有的伙伴,如果他们不明达不努力,灭尽苍蝇依然只是我们的梦想。

说了一大堆话,苍蝇还是三三五五在眼前飞舞着。但我们的路是决定了,其要旨如上述,今后就照此做去。

末了想蛇足地说一句:扑灭苍蝇是如此,扑灭类似苍蝇的任何事物,也是如此,惟有去找我们仅有的伙伴,惟有靠着伙伴们的明达与努力。

再蛇足一句:一个人如其不能够扑灭里里的苍蝇,再也不用抱着扑灭类似苍蝇的东西的梦想了——因为无非徒然抱着个梦想而已。

1924年8月29日作

看 月

住在上海"弄堂房子"里的人对于月亮的圆缺隐现是不甚关心的。所谓"天井",不到一丈见方的面积。至少十六支光的电灯每间里总得挂一盏。环境限定,不容你有关心到月亮的便利。走到路上,还没"断黑"已经一连串地亮了街灯。有月亮吧,就像多了一盏灯。没有月亮吧,犹如一盏街灯损坏了,没有亮起来。谁留意这些呢?

去年夏天,我曾经说过不大听到蝉声,现在说起月亮,我又觉得许久不看见月亮了。只记得某夜夜半醒来,对窗的收音机已经沉寂,隔壁的"麻将"也歇了手,各家的电灯都已熄灭,一道象牙色的光从南窗透进来,把窗棂印在我的被袱上。我略微感到惊异,随即想到原来是月亮光。好奇地要看看月亮本身,我向窗外望。但是,一会儿月亮被云遮没了。

从北平来的人往往说在上海这地方怎么"呆"得住。一切都这样紧张。空气是这样龌龊。走出去很难得看见树木。诸如此类,他们可以举出一大堆。我想,月亮仿佛失掉了这一点,也该列入他们认为上海"呆"不住的理由吧。假若如此,我倒并不同意。在生活的诸般条件里列入必须看月亮一项,那是没有理由的。清旷的襟怀和高远的想象力未必定须由对月而养成。把仰望的双眼移到地面，同样可以收到修养上的效益，而且更见切实。可是我并非反对看月亮，只是说即使不看也没有什么关系罢了。

最好的月色我也曾看过。那时在福州的乡下，地当闽江一折的那个角上。某夜，靠着楼栏直望。闽江正在上潮，受着月光，成为水银的洪流。江岸诸山略微笼罩着雾气，好像不是平日看惯的那几座山了。月亮高高停在天空，非常舒泰的样子。从江岸直到我的楼下是一大片沙坪，月光照着，茫然一白，但带点儿青的意味。不知什么地方送来晚香玉的香气。也许是月亮的香气吧，我这么想。我心中不起一切杂念，大约历一刻钟之久，才回转身来。看见蛎粉墙上印着我的身影，我于是重又意识到了我。

那样的月色如果能得再看几回，自然是愉悦的事，虽然前面我说过"即使不看也没有什么关系"。

牵牛花

手种牵牛花，接连有三四年了。水门汀地没法下种，种在十来个瓦盆里。泥是今年又明年反复用着的，无从取得新的泥来加入。曾与铁路轨道旁种地的那个北方人商量，愿出钱向他买一点儿，他不肯。

从城隍庙的花店里买了一包过磷酸骨粉，搀和在每一盆泥里，这算代替了新泥。

瓦盆排列在墙脚，从墙头垂下十条麻线，每两条距离七八寸，让牵牛的藤蔓缠绕上去。这是今年的新计划，往年是把瓦盆摆在三尺光景高的木架子上的。这样，藤蔓很容易爬到了墙头；随后长出来的互相纠缠着，因自身的重量倒垂下来，但末梢的嫩条便又蛇头一般仰起，向上伸，与别组的嫩条纠缠，待不胜重量时重演那老把戏；因此墙头往往堆积着繁密的叶和花，与墙腰的部分不相称。今年从墙脚爬起，沿墙多了三尺光景的路程，或者会好一点儿；而且，这就将有一垛完全是叶和花的墙。

藤蔓从两瓣子叶中间引伸出来以后，不到一个月工夫，爬得最快的几株将要齐墙头了，每一个叶柄处生一个花蕾，像谷粒那么大,便转黄萎去。据几年来的经验,知道起头的一批花蕾是开不出来的;到后来发育更见旺盛,新的叶蔓比近根部的肥大,那时的花蕾才开得成。

今年的叶格外绿,绿得鲜明;又格外厚,仿佛丝绒剪成的。这自然是过磷酸骨粉的功效。他日花开,可以推知将比往年的盛大。

但兴趣并不专在看花,种了这小东西,庭中就成为系人心情的所在,早上才起,工毕回来,不觉总要在那里小立一会儿。那藤蔓缠着麻线卷上去,嫩绿的头看似静止的,并不动弹;实际却无时不回旋向上,在先朝这边,停一歇再看,它便朝那边了。前一晚只是绿豆般大一粒嫩头,早起看时,便已透出二三寸长的新条,缀一两张长满细白绒毛的小叶子,叶柄处是仅能辨认形状的小花蕾,而末梢又有了绿豆般大一粒嫩头。有时认着墙上的斑剥痕想,明天未必便爬到那里吧;但出乎意外,明晨竟爬到了斑剥痕之上;好努力的一夜工夫!"生之力"不可得见;在这样小立静观的当儿,却默契了"生之力"了。渐渐地,浑忘意想,复何言说,只呆对着这一墙绿叶。

即使没有花,兴趣未尝短少;何况他日花开,将比往年盛大呢。

1931年9月20日

说　书

　　因为我是苏州人，望道先生要我谈谈苏州的说书。我从七八岁的时候起，私塾里放了学，常常跟着父亲去"听书"。到十三岁进了学校才间断，这几年间听的"书"真不少。"小书"如《珍珠塔》《描金凤》《三笑》《文武香球》，"大书"如《三国志》《水浒》《英烈》《金台传》，都不止听一遍，最多的听到三遍四遍。但是现在差不多忘记干净了，不要说"书"里的情节，就是几个主要人物的姓名也说不齐全了。

　　"小书"说的是才子佳人，"大书"说的是历史故事跟江湖好汉，这是大概的区别。"小书"在表白里夹着唱词，唱的时候说书人弹着三弦；如果是双档（两个人登台），另外一个就弹琵琶或者打铜丝琴。"大书"没有唱词，完全是表白。说"大书"的那把黑纸扇比较说"小书"的更为有用，几乎是一切"道具"的代替品，诸葛亮不离手的鹅毛扇，赵子龙手里的长枪，李逵手里的板斧，胡大海手托的千斤石，都是那把黑纸扇。

　　说"小书"的唱唱词据说是依"中州韵"的，实际上十之八九是方音，往往ㄅㄥ不分，"真""庚"同韵。唱的调子有两派：一派叫"马调"，一派叫"俞调"。"马调"质朴，"俞调"婉转。"马调"容易听清楚，"俞调"抑扬太多，唱得不好，把字音变了，就听不明白。"俞调"又比较是女性的，说书的如果是中年以上的人，勉强逼紧了喉咙，发出撕裂似的声音来，真叫人坐立不安，浑身肉麻。

"小书"要说得细腻。《珍珠塔》里的陈翠娥见母亲势利，冷待远道来访的穷表弟方卿，私自把珍珠塔当作干点心送走了他。后来忽听得方卿来了，是个唱"道情"的穷道士打扮，要求见她。她料知其中必有蹊跷，下楼去见他呢还是不见他，踌躇再四，于是下了几级楼梯就回上去，上去了又走下几级来，这样上上下下有好多回，一回有一回的想头。这段情节在名手有好几天可以说。其时听众都异常兴奋，彼此猜测，有的说"今天陈小姐总该下楼梯了"，有的说"我看明天还得回上去呢"。

"大书"比较"小书"尤其着重表演。说书人坐在椅子上，前面是一张半桌，偶然站起来，也不很容易回旋，可是像演员上了戏台一样，交战，打擂台，都要把双方的姿态做给人家看。据内行家的意见，这些动作要做得沉着老到，一丝不乱，才是真功夫。说到这等情节自然很吃力，所以这等情节也就是"大书"的关子。譬如听《水浒》，前十天半个月就传说"明天该是景阳冈打虎了"，但是过了十天半个月，还只说到武松醉醺醺跑上冈子去。

说"大书"的又有一声"咆头",算是了不得的"力作"。那是非常之长的喊叫,舌头打着滚,声音从阔大转到尖锐,又从尖锐转到奔放,有本领的喊起来,大概占到一两分钟的时间:算是勇夫发威时候的吼声。张飞喝断灞陵桥就是这么一声"咆头"。听众听到了"咆头",散出书场来还觉得津津有味。

无论"小书"和"大书",说起来都有"表"跟"白"的分别。"表"是用说书人的口气叙述;"白"是说书人说书中人的话。所以"表"的部分只是说书人自己的声口,而"白"的部分必须起角色,生旦净丑,男女老少,各如书中人的身份。起角色的时候,大概贴旦丑角之类仍用苏白,正角色就得说"中州韵",那就是"苏州人说官话"了。

说书并不专说书中的事,往往在可以旁生枝节的地方加入许多"穿插"。"穿插"的来源无非《笑林广记》之类,能够自出心裁的编排一两个"穿插"的当然是能手了。关于性的笑话最受听众欢迎,所以这类"穿插"差不多每回可以听到。最后的警句说了出来之后,满场听众个个哈哈大笑,一时合不拢嘴来。

书场设在茶馆里。除了苏州城里,各乡镇的茶馆也有书场。也不止苏州一地,大概整个吴方言区域全是这批说书人的说教地。直到如今还是如此。听众是士绅以及商人,以及小部分的工人农民。从前女人不上茶馆听书,现在可不同了。听书的人在书场里欣赏说书人的艺术，同时得到种种的人生经验：公子小姐的恋爱方式，何用式的阴谋诡计，君师主义的社会观，因果报应的伦理观，江湖好汉的大块分金，大碗吃肉，超自然力的宰制人间，无法抵抗……也说不尽这许多，总之，那些人生经验是非现代的。

现在，书场又设到无线电播音室里去了。听众不用上茶馆，只要旋转那"开关"，就可以听到叮叮咚咚的弦索声或者海瑞、华太师等人的一声长嗽。非现代的人生经验利用了现代的利器来传播，这真是时代的讽刺。

昆　曲

　　昆曲本是吴方言区域里的产物，现今还有人在那里传习。苏州地方，曲社有好几个。退休的官僚，现任的善堂董事，从课业练习簿的堆里溜出来的学校教员，专等冬季里开栈收租的中年田主少年田主，还有诸如此类的一些人，都是那几个曲社里的社员。北平并不属于吴方言区域，可是听说也有曲社，又有私家聘请了教师学习的，在太太们，能唱几句昆曲算是一种时髦。除了这些"爱美的"唱曲家偶尔登台串演以外，职业的演唱家只有一个班子，这是惟一的班子了，就是上海"大千世界"的"仙霓社"。逢到星期日，没有什么事来逼迫，我也偶尔跑去看他们演唱，消磨一个下午。

　　演唱昆曲是厅堂里的事。地上铺一方红地毯，就算是剧中的境界；唱的时候，笛子是主要的乐器，声音当然不会怎么响，但是在一个厅堂里，也就各处听得见了。搬上旧式的戏台去，即使在一个并不宽广的戏院子里，就不及平剧那样容易叫全体观众听清。如果搬上新式的舞台去，那简直没法听，大概坐在第五六排的人就只看见演员拂袖按鬓了。我不曾做过考据功夫，不知道什么时候开始有演唱昆曲的戏院子。从一些零星的记载看来，似乎明朝时候只有绅富家里养着私家的戏班子。《桃花扇》里有陈定生一班文人向阮大铖借戏班子，要到鸡鸣埭上去吃酒，看他的《燕子笺》，也可以见得当时的戏不过是几十个人看看罢了。我十几岁的时候，苏州城外有演唱平剧的戏院子两三家，演唱昆曲的戏院子是不常有的，偶尔开设起来，开锣不久，往往因为生意清淡就停闭了。

昆曲彻头彻尾是士大夫阶级的娱乐品，宴饮的当儿，叫养着的戏班子出来演几出，自然是满写意的。而那些戏本子虽然也有幽期密约，盗劫篡夺，但是总要归结到教忠教孝，劝贞劝节，神佛有灵，人力微薄，这就除了供给娱乐以外，对于士大夫阶级也尽了相当的使命。就文词而言，据内行家说，多用词藻故实是不算稀奇的，要像元曲那样亦文亦话才是本色。但是，即使了元曲，又何尝能够句句像口语一样听进耳朵就明白？再说，昆曲的调子有非常迂缓的，一个字延长到十几拍，那就无论如何讲究辨音，讲究发声跟收声，听的人总之难以听清楚那是什么字了。所以，听昆曲先得记熟曲文；自然，能够通晓曲文里的故实跟词藻那就尤其有味。这又岂是士大夫阶级以外的人所能办到的？当初编撰戏本子的人原来不曾为大众设想，他们只就自己的天地里选一些材料，编成悲欢离合的故事，藉此娱乐自己，教训同辈，或者发发牢骚。谁如果说昆曲太不顾到大众，谁就是认错了题目。

昆曲的串演，歌舞并重。舞的部分就是身体的各种动作跟姿势，唱到哪个字，眼睛应该看哪里，手应该怎样，脚应该怎样，都由老师傅传授下来，世代遵守着。动作跟姿势大概重在对称，向左方做了这么一个舞态，接下来就向右方也做这么一个舞态，意思是使台下的看客得到同等的观赏。譬如《牡丹亭》里的《游园》一出，杜丽娘小姐跟春香丫头就是一对舞伴，从闺中晓妆起，直到游罢回家止，没有一刻不是带唱带舞的，而且没有一刻不是两人互相对称的。这一点似乎比较平剧跟汉调来得高明。前年看见过一本《国剧身段谱》，详记平剧里各种角色的各种姿势，实在繁复非凡；可是我们去看平剧，就觉得演员很少有动作，如《李陵碑》里的杨老令公，直站在台上尽唱，两手插在袍甲里，偶尔伸出来挥动一下罢了。昆曲虽然注重动作跟姿势，也要演员能够体会才好，如果不知道所以然，只是死守着祖传来表演，那就跟木偶戏差不多。

昆曲跟平剧在本质上没有多大差别，然而后者比较适合于市民，而士大夫阶级已无法挽救他们的没落，昆曲恐将不免于淘汰。这跟麻将代替了围棋，豁拳代替了酒令，是同样的情形。虽然有曲社里的人在那里传习，然而可怜得很，有些人连曲文都解不通，字音都念不准，自以为风雅，实际上却是薛蟠那样的哼哼，活受罪，等到一个时会到来，他们再没有哼哼的余闲，昆曲岂不将就此"绝响"？这也没有什么可惜，昆曲原不过是士大夫阶级的娱乐品罢了。

有人说：还有大学文科里的"曲学"一门在。大学文科分门这样细，有了诗，还有词，有了词，还有曲，有了曲，还有散曲跟剧曲，有了剧曲，还有元曲研究跟传奇研究，我只有钦佩赞叹，别无话说。如果真是研究，把曲这样东西看做文学史里的一宗材料，还它个本来面目，那自然是正当的事。但是人的癖性往往会因为亲近了某种东西，生出特别的爱好心情来，以为天下之道尽在于此。这样，就离开"研究"二字不止十里八里了。我又听说某一所大学里的"曲学"，一门功课，教授先生在教室里简直就教唱昆曲，教台旁边坐着笛师，笛声嘘嘘地吹起来，教授先生跟学生就一同嗳嗳嗳……地唱起来。告诉我的那位先生说这太不成话了，言下颇有点愤慨。我说，那位教授先生大概还没有知道，"仙霓社"的台柱子，有名的巾生顾传玠，因为唱昆曲没前途，从前年起丢掉本行，进某大学当学生去了。

这一回又是望道先生出的题目。真是漫谈，对于昆曲一点儿也没有说出中肯的话。

三种船

一连三年没有回苏州去上坟了。今年秋天有点儿空闲,就去上一趟坟。上坟的意思无非是送一点钱给看坟的坟客,让他们知道某家的坟还没有到可以盗卖的地步罢了。上我家的坟得坐船去。苏州人上坟向来大都坐船,天气好,逃出城圈子,在清气充塞的河面上畅快地呼吸一天半天,确是非常舒服的事。这一趟我去,雇的是一条熟识的船。涂着的漆差不多剥光了,窗框歪斜,平板破裂,一副残废的样子。问起船家,果然,这条船几年没有上岸修理了。今年夏季大旱,船只好胶住在浅浅的河浜里,哪里还有什么生意,又哪里来钱上岸修理。就是往年,除了春季上坟,船也只有停在码头上迎晓风送夕阳的份儿。近年来到各乡各镇去,都有了小轮船,不然,可以坐绍兴人的"当当船",也不比小轮船慢,而且价钱都很便宜。如果没有上坟这件事,苏州城里的船恐怕只能劈做柴烧了。而上坟的事大概是要衰落下去的,就像我,已经改变为三年上一趟坟了。

苏州城里的船叫做"快船",与别地的船比起来,实在是并不快的。因为不预备经过什么长江大湖,所以吃水很浅,船底阔而平。除了船头是露天以外，分做头舱中舱和艄篷三部分。头舱可以搭高，让人站直不至于碰头顶。两旁边各有两把或者三把小巧的靠背交椅，又有小巧的茶几。前檐挂着红绿的明角灯，明角灯又挂着红绿的流苏。踏脚的是广漆的平板，一般是六块，由横的直的木条承着。揭开平板，下面是船家的储藏库。中舱也铺着若干块平板，可是差不多贴着船底，所以从头舱到中舱得跨下一尺多。中舱两旁边是两排小方窗，上面的一排可以吊起来，第二排可以卸去，以便靠着船舷眺望。以前窗子都配上明瓦，或者在拼凑的明瓦中间镶这么一小方玻璃，后来玻璃来得多了，就完全用玻璃。中舱与头舱艄篷分界处都有六扇书画小屏门，上方下方装在不同的几条槽里，要开要关，只须左右推移。书画大多是金漆的，无非"寒雨连江夜入吴""月落乌啼霜满天"以及梅兰竹菊之类。中舱靠后靠右搁着长板，供客憩坐。如果过夜，只要靠后多拼一两条长板，就可以摊被褥。靠左当窗放一张小方桌，方桌旁边四张小方凳。如果在小方桌上放上圆桌面，十来个人就可以聚餐。靠后靠右的长板以及头舱的平板都是座头，小方凳摆在角落里凑数。末了说到艄篷，那是船家整个的天地。艄篷同头舱一样，平板以下还有地位，放着锅灶碗橱以及铺盖衣箱种种东西。揭开一块平板，船家就蹲在那里切肉煮菜。此外是摇橹人站着摇橹的地方。橹左右各一把，每把由两个人服事，一个当橹柄，一个当橹绳。船家如果有小孩，走不来的躺在困桶里，放在翘起的后艄，能够走的就让他在那里爬，拦腰一条绳拴着，系在篷柱上，以防跌到河里去。后艄的一旁露出四条棍子，一顺地斜并着，原来大概是护船的武器，后来转变成装饰品了。全船除着水的部分以外，窗门板柱都用广漆，所以没有其他船上常有的那种难受的桐油气味。广漆的东西容易擦干净，船旁边有的是水，只要船家不懒惰，船就随时可以明亮爽目。

从前，姑奶奶回娘家哩，老太太看望小姐哩，坐轿子嫌吃力，就唤一条快船坐了去。在船里坐得舒服，躺躺也不妨，又可以吃茶，吸水烟，甚至抽大烟。只是城里的河道非常脏，有人家倾弃的垃圾，有染坊里放出来的颜色水，淘米净菜洗衣服涮马桶又都在河旁边干，使河水的颜色和气味变得没有适当的字眼可以形容。有时候还浮着肚皮胀得饱饱的死猫或者死狗的尸体。到了夏天，红里子白里子黄里子的西瓜皮更是洋洋大观。苏州城里河道多，有人就说是东方的威尼斯。威尼斯像这个样子，又何足羡慕呢？这些，在姑奶奶老太太等人是不管的，只要小天地里舒服，以外尽不妨马虎，而且习惯成自然，那就连抬起手来按住鼻子的力气也不用花。城外的河道宽阔清爽得多，到附近的各乡各镇去，或逢春秋好日子游山玩景，以及干那宗法社会里的重要事项——上坟，唤一条快船去当然最为开心。船家做的菜是菜馆比不上的，特称"船菜"。正式的船菜花样繁多，菜以外还有种种点心，一顿吃不完。非正式地做几样也还是精，船家训练有素，出手总不脱船菜的风格。拆穿了说，船菜所以好就在于只准备一席，小镬小锅，做一样是一样，汤水不混和，材料不马虎，自然每样有它的真味，叫人吃完了还觉得馋涎欲滴。倘若船家进了菜馆里的大厨房，大镬炒虾，大锅煮鸡，那也一定会有坍台的时候的。话得说回来，船菜既然好，坐在船里又安舒，可以眺望，可以谈笑，玩他个夜以继日，于是快船常有求过于供的情形。那时候，游手好闲的苏州人还没有识得"不景气"的字眼，脑子里也没有类似"不景气"的想头，快船就充当了适应时地的幸运儿。

除了做船菜，船家还有一种了不得的本领，就是相骂。相骂如果只会防御，不会进攻，那不算稀奇。三言两语就完，不会像藤蔓似的纠缠不休，也只能算次等角色。纯是常规的语法，不会应用修辞学上的种种变化，那就即使纠缠不休也没有什么精彩。船家与人家相骂起来，对于这三层都能毫无遗憾，当行出色。船在狭窄的河道里行驶，前面有一条乡下人的柴船或者什么船冒冒失失地摇过来，看去也许会碰撞一下，船家就用相骂的口吻进攻了，"你瞎了眼睛吗？这样横冲直撞是不是去赶死？"诸如此类。对方如果有了反响，那就进展到纠缠不休的阶段，索性把摇橹撑篙的手停住了，反复再四地大骂，总之错失全在对方，所以自己的愤怒是不可遏制的。然而很少骂到动武，他们认为男人盘辫子女人扭胸脯不属于相骂的范围。这当儿，你得欣赏他们的修辞的才能。要举例子，一时可记不起来，但是在听到他们那些话语的时候，你一定会想，从没有想到话语可以这么说的，然而惟有这么说，才可以包含怨恨、刻毒、傲慢、鄙薄种种成分。编辑人生地理教科书的学者只怕没有想到吧，苏州城里的河道养成了船家相骂的本领。

他们的摇船技术是在城里的河道训练成功的，所以长处在于能小心谨慎，船与船擦身而过，彼此绝不碰撞。到了城外去，遇到逆风固然也会拉纤，遇到顺风固然也会张一扇小巧的布篷，可是比起别种船上的驾驶人来，那就不成话了。他们敢于拉纤或者张篷的时候，风一定不很大，如果真个遇到大风，他们就小心谨慎地回复你，今天去不成。譬如我去上坟必须经过石湖，虽然吴瞿安先生曾作诗说石湖"天风浪浪"什么什么以及"群山为我皆低昂"，实在是个并不怎么阔大的湖面，旁边只有一座很小的上方山，每年阴历八月十八，许多女巫都要上山去烧香的。船家一听说要过石湖就抬起头来看天，看有没有起风的意思。到进了石湖的时候，脸色不免紧张起来，说笑都停止了。听得船头略微有汩汩的声音，就轻轻地互相警戒，"浪头！浪头！"有一年我家去上坟，风在十点过后大起来，船家不好说回转去，就坚持着不过石湖。这一回难为了我们的腿，来回跑了二十里光景才上成了坟。

现在来说绍兴人的"当当船"。那种船上备着一面小铜锣，开船的时候就当当当当敲起来，算是信号，中途经过市镇，又当当当当敲起来，招呼乘客，因此得了这奇怪的名称。我小时候，苏州地方没有那种船。什么时候开头有的，我也说不上来。直到我到甪直去当教师，才与那种船有了缘。船停泊在城外，据传闻，是与原有的航船有过一番斗争的。航船见它来抢生意，不免设法阻止。但是"当当船"的船夫只知道硬干，你要阻止他们，他们就与你打。大概交过了几回手吧，航船夫知道自己不是那些绍兴人的敌手，也就只好用鄙夷的眼光看他们在水面上来去自由了。中间有没有立案呀登记呀这些手续，我可不清楚，总之那些绍兴人用腕力开辟了航线是事实。我们有一句话，"麻雀豆腐绍兴人"，意思是说有麻雀豆腐的地方也就有绍兴人，绍兴人与麻雀豆腐一样普遍于各地。试把"当当船"与航船比较，就可以证明绍兴人是生存斗争里的好角色，他们与麻雀豆腐一样普遍于各地，自有所以然的原因。这看了后文就知道，且让我把"当当船"的体制叙述一番。

"当当船"属于"乌篷船"的系统，方头，翘尾巴，穹形篷，横里只够两个人并排坐，所以船身特别见得长。船旁涂着绿釉，底部却涂红釉，轻载的时候，一道红色露出水面，与绿色作强烈的对照。篷纯黑色。舵或红或绿，不用，就倒插在船艄，上面歪歪斜斜标明所经乡镇的名称，大多用白色。全船的材料很粗陋，制作也将就，只要河水不至于灌进船里就成，横一条木条，竖一块木板，像破衣服上的补缀一样，那是不在乎的。我们上旁的船，总是从船头走进舱里去。上"当当船"可不然，我们常常踩着船边，从推开的两截穹形篷中间把身子挨进舱里去，这样见得爽快。大家既然不欢喜钻舱门，船夫有人家托运的货品就堆在那里，索性把舱门堵塞了。可是踩船边很要当心。西湖划子的活动不稳定，到过杭州的人一定有数，"当当船"比西湖划子大不了多少，它的活动不稳定也与西湖划子不相上下。你得迎着势，让重心落在踩着船边的那只脚上，然后另一只脚轻轻伸下去，点着舱里铺着的平板。进了舱你就得坐下来。两旁靠船边搁着又狭又薄的长板就是座位，这高出铺着的平板不过一尺光景，所以你坐下来就得耸起你的两个膝盖，如果对面也有人，那就实做"促膝"了。背心可以靠在船篷上，躯干最好不要挺直，挺直了头触着篷顶，你不免要起局促之感。先到的人大多坐在推开的两截穹形篷的空档里，这里虽然是出入要道，时时有偏过身子让人家的麻烦，却是个优越的位置，透气，看得见沿途的景物，又可以轮流把两臂搁在船边，舒散舒散久坐的困倦。然而遇到风雨或者极冷的天气，船篷必须拉拢来，那位置也就无所谓优越，大家一律平等，埋没在含有恶浊气味的阴暗里。

"当当船"的船夫差不多没有四十以上的人，身体都强健，不懂得爱惜力气，一开船就拼命划。五个人分两边站在高高翘起的船艄上，每人管一把橹，一手当橹柄，一手当橹绳。那橹很长，比旁的船上的橹来得轻薄。当推出橹柄去的时候，他们的上身也冲了出去，似乎要跌到河里去的模样。接着把橹柄挽回来，他们的身子就往后顿，仿佛要坐下来似的。五把橹在水里这样强力地划动，船身就飞快地前进了。有时在船头加一把桨，一个人背心向前坐着，把它扳动，那自然又增加了速率。只听得河水活活地向后流去，奏着轻快的调子。船夫一壁划船，一壁随口唱绍兴戏，或者互相说笑，有猥亵的性谈，有绍兴风味的幽默谐语，因此，他们就忘记了疲劳，而旅客也得到了解闷的好资料。他们又喜欢与旁的船竞赛，看见前面有一条什么船，船家摇船似乎很努力，他们中间一个人发出号令说"追过它"，其余几个人立即同意，推呀挽呀分外用力，身子一会儿冲出去，一会儿倒仰过来，好像忽然发了狂。不多时果然把前面的船追过了，他们才哈哈大笑，庆贺自己的胜利，同时回复到原先的速率。由于他们划得快，比较性急的人都欢喜坐他们的船，譬如从苏州到甪直是"四九路"（三十六里），同样地划，航船要六个钟头，"当当船"只要四个钟头，早两个钟头上岸，即使不想赶做什么事，身体究竟少受些拘束，何况船价同样是一百四十文，十四个铜板。（这是十五年前的价钱，现在总该增加了。）

风顺，"当当船"当然也张风篷。风篷是破衣服，旧挽联、干面袋等等材料拼凑起来的，形式大多近乎正方。因为船身不大，就见得篷幅特别大，有点儿不相称。篷杆竖在船头舱门的地位，是一根并不怎么粗的竹头，风越大，篷杆越弯，把袋满了风的风篷挑出在船的一边。这当儿，船的前进自然更快，听着哗哗的水声，仿佛坐了摩托船。但是胆子小点儿的人就不免惊慌，因为船的两边不平，低的一边几乎齐水面，波浪大,时时有水花从舱篷的缝里泼进来。如果坐在低的一边,身体被动地向后靠着,谁也会想到船一翻自己就最先落水。坐在高的一边更得费力气,要把两条腿伸直,两只脚踩紧在平板上,才不至于脱离座位,跌扑到对面的人的身上去。有时候风从横里来,他们也张风篷,一会儿篷在左边,一会儿调到右边,让船在河面上尽画曲线。于是船的两边轮流地一高一低,旅客就好比在那里坐幼稚园里的跷跷板,"这生活可难受",有些人这样暗自叫苦。然而"当当船"很少失事,风势真个不对,那些船夫还有硬干的办法。有一回我到甪直去,风很大,饱满的风篷几乎蘸着水面,虽然天气不好,因为船行非常快,旅客都觉得高兴,后来进了吴淞江,那里江面很阔,船沿着"上风头"的一边前进。忽然呼呼地吹来更猛烈的几阵风,风篷着了湿重又离开水面。旅客连"哎哟"都喊不出来,只把两只手紧紧地支撑着舱篷或者坐身的木板。扑通,扑通,三四个船夫跳到水里去了。他们一齐扳住船的高起的一边,待留在船上的船夫把风篷落下来,他们才水淋淋地爬上船艄,湿了的衣服也不脱,拿起橹来就拼命地划。

说到航船,凡是摇船的跟坐船的差不多都有一种哲学,就是"反正总是一个到"主义。反正总是一个到,要紧做什么?到了也没有烧到眉毛上来的事,慢点儿也无啥。所以,船夫大多衔着一根一尺多长的烟管,闭上眼睛,偶尔想到才吸一口,一管吸完了,慢吞吞捻了烟丝装上去,再吸第二管。正同"当当船"相反，他们中间很少四十以下的人。烟吸畅了，才起来理一理篷索，泡一壶公众的茶。可不要当做就要开船了，他们还得坐下来谈闲天。直到专门给人家送信带东西的"担子"回了船，那才有点儿希望。好在坐船的客人也不要不紧，隔十多分钟二三十分钟来一个两个，下了船重又上岸，买点心哩，吃一开茶哩，又是十分或一刻。有些人买了烧酒豆腐干花生米来，预备一路独酌。有些人并没有买什么，可是带了一张源源不绝的嘴，还没有坐定就乱攀谈，挑选相当的对手。在他们，迟些儿到实在不算一回事，就是不到又何妨。坐惯了轮船火车的人去坐航船，先得做一番养性的功夫，不然，这种阴阳怪气的旅行，至少会有三天的闷闷不乐。

　　航船比"当当船"大得多，船身开阔，舱作方形，木制，不像"当当船"那样只用芦席。艄篷也宽大，雨落太阳晒，船夫都得到遮掩。头舱中舱是旅客的区域。头舱要盘膝而坐。中舱横搁着一条条长板，坐在板上，小腿可以垂直。但是中舱有的时候要装货，豆饼菜油之类装满在长板下面，旅客也只得搁起了腿坐了。窗是一块块的板，要开就得卸去，不卸就得关上。通常两旁各开一扇，所以坐在舱里那种气味未免有点儿难受。坐得无聊，如果回转头去看艄篷里那几个老头子摇船，就会觉得自己的无聊才真是无聊。他们的一推一挽距离很小，仿佛全然不用力气，两只眼睛茫然望着岸边，这样地过了不知多少年月，把踏脚的板都踏出脚印来了，可是他们似乎没有什么无聊,每天还是走那老路,连一棵草一块石头都熟识了的路。两相比较,坐一趟船慢一点儿闷一点儿又算得什么。坐航船要快,只有巴望顺风。篷杆竖在头舱与中舱之间,一根又粗又长的木头。风篷极大,直拉到杆顶,有许多竹头横撑着,吃了风,巍然地推进,很有点儿气派。风最大的日子,苏州到甪直三点半钟就吹到了。但是旅客究竟是"反正总是一个到"主义者,虽然嘴里嚷着"今天难得",另一方面却似乎嫌风太大船太快了,跨上岸去,脸上不免带点儿怅然的神色。遇到顶头逆风航船就停班,不像"当当船"那样无论如何总得用人力去拼。客人走到码头上,看见孤零零的一条船停在那里,半个人影儿也没有,知道是停班,就若无其事地回转身。风总有停的日子,那么航船总有开的日子。忙于寄信的我可不能这样安静,每逢校工把发出的信退回来,说今天航船不开,就得担受整天的不舒服。

过 节

逢到节令,我们遵照老例祭祖先。苏州人把祭祖先特称为"过节",别地方人买一些酒菜,大家在节日吃喝一顿,叫做"过节";苏州人对于这两个字似乎没有这样用法。

过节以前,母亲早已把纸锭折好了。纸锭的原料是锡箔,是绍兴地方的特产。前几年我到绍兴,在一个土山上小立,只听得密集的市屋间传出达达的声音,互相应答,就是在那里打锡箔。

我家过节共有三桌。上海弄堂房子地位狭窄,三桌没法同时祭,只得先来两桌,再来一桌。方桌子仅有一只,只得用小圆桌凑数。本来是三面设座位的,因为椅子不够,就改为只设一面。杯筷碗碟拿不出整齐的全套,就取杂色的来应用。蜡盏弯了头。香炉里香灰都没有,只好把三支香搁在炉口就算。总之,一切都马虎得很。好在母亲并不拘于成规,对于这一切马虎不曾表示过不满。但是我知道,如果就此废止过节,一定会引起她的不快。所以我从没有说起废止过节。

供了香,斟了酒,接着就是拜跪。平时太少运动了,才过四十岁,膝关节已经硬化,跪下去只觉得僵僵的,此外别无所思。在满坐的祖先中间，记忆得最真切的是父亲与叔父，因为他们过世最后。但是我不能想象他们与十几位祖先挤坐在两把椅子上举杯喝酒举筷吃菜的情状。又有一个十一岁上过世的妹妹，今年该三十八了，母亲每次给她特设一盘水果，我也不能想象她剥桔皮吐桃核的情状。

从前父亲叔父在日，他们的拜跪就不相同。容貌显得很肃穆，一跪三叩之后，又轻轻叩头至数十回，好像在那里默祷，然后站起来，恭敬地离开拜位。所谓"祭如在""临事而敬"，他们是从小就成为习惯了的。新教育的推行与时代的转变把古传的精灵信仰打破，把儒家的报本返始的观念看得并没有什么了不起，于是"如在"既"如"不起来，"临事"自不能装模作样地虚"敬"，只成为一种毫无意义的例行故事：这原是必然的。

几个孩子有时跟着我拜，有时说不高兴拜，也就让他们去。焚化纸锭却是他们欢喜干的事；在一个搪瓷面盆里慢慢地把纸锭加进去，看它们给火焰吞食，一会儿变成白色的灰烬，仿佛有冬天拨弄炭火盆那种情味。孩子们所知道的过节，第一自然是吃饭时有较好较多的菜；第二，这是家庭里的特种游戏，一年内总得表演几回的。至于祖先会扶老携幼到来，分着左昭右穆坐定，吃喝一顿之后，又带着钱钞回去：这在孩子是没法想象的，好比我不能想象父亲叔父会到来参加这家族的宴飨一样。从这一点想，虽然逢时过节，对于孩子大概不至于有害吧。

天井里的种植

搬到上海来十多年,一直住的弄堂房子。弄堂房子,内地人也许不明白是什么式样。那是各所一律的:前墙通连,隔墙公用;若干所房子成为一排;前后两排间的通路就叫做"弄堂";若干条弄堂合起来总称什么里什么坊,表示那是某一个房主的房产。每一所房子开门进去是个小天井。天井,也许又有人不明白是什么。天井就是庭院;弄堂房子的庭院可真浅,只须三四步就跨过了,横里等于一所房子的阔,也不过五六步光景,如果从空中望下来,一定会觉得那个"井"字怪适当的。天井跨进去就是正间。正间背后横生着扶梯,通到楼上的正间以及后面的亭子间。因为房子并不宽,横生的扶梯够不到楼上的正间,碰到墙,拐弯向前去,又是四五级,那才是楼板。到亭子间可不用跨这四五级,所以亭子间比楼正间低。亭子间的下层是灶间,上层是晒台,从楼正间另一旁的扶梯走上去。近年来常常在文人笔下出现的亭子间就是这么局促闷损的居室。然而弄堂房子的结构确乎值得佩服;俗语说,"麻雀虽小,五脏俱全",弄堂房子就合着这样经济的条件。

住弄堂房子,非但栽不成深林丛树,就是几棵花草也没法种，因为天井里完全铺着水门汀。你要看花草只有种在花盆里。盆里的泥往往是反复地种过了几种东西的，一些养料早被用完，又没处去取肥美的泥土来加入，所以长出叶子来开出花朵来大都瘦小可怜。有些人家嫌自己动手麻烦，又正有余多的钱足以对付小小的奢侈的开支，就与花园约定，每个月送两回或者三回盆景来；这样，家里就长年有及时的花草，过了时的自有花匠带回去，真是毫不费事。然而这等人家的趣味大都在于不缺少照例应有的点缀，自己的生活跟花草的生活却并没有多大干系；只要看花匠带回去的，不是干枯了的叶子，就是折断了的枝干，可见我这话没有冤枉了他们。再有些人家从小菜场买一些折枝截茎的花草，拿回来就插在花瓶里，不像日本人那样讲究什么"花道"，插成"乱柴把"或者"喜鹊窠"都不在乎；直到枯萎了，拔起来向垃圾桶一扔，就此完事，这除了"我家也有一点儿花草"以外，实在很少意味。

我们乐于亲近植物，趣味并不完全在看花。一条枝条伸出来，一张叶子展开来，你如果耐着性儿看，随时有新的色泽跟姿态勾引你的欢喜。到了秋天冬天，吹来几阵西风北风，树叶毫不留恋地掉将下来；这似乎最乏味了。然而你留心看时，就会发见枝条上旧时生着叶柄的处所，有很细小的一粒透露出来，那就是来春新枝条的萌芽。春天的到来是可以预计的，所以你对着没有叶子的枝条也不至于感到寂寞，你有来春看新绿的希望。这固然不值一班珍赏家的一笑，在他们，树一定要搜求佳种，花一定要能够入谱，寻常的种类跟谱外的货色就不屑一看；但是，果真能从花草方面得到真实的享受，做一个非珍赏家的"外行"又有什么关系。然而买一点折枝截茎的花草来插在花瓶里，那是无法得到这种享受的；叫花匠每个月送几回盆景来也不行，因为时间太短促，你不能读遍一种植物的生活史；自己动手弄盆栽当然比较好，可是植物入了盆犹如鸟进了笼，无论如何总显得拘束，滞钝，跟原来不一样。推究到底，只有把植物种在泥地里最好。可是哪来泥地呢？弄堂房子的天井里有的是坚硬的水门汀！

把水门汀去掉，我时时这样想，并且告诉别人。关切我的人就提出了驳议。有两说：又不是自己的房产，给点缀花木犯不着，这是一说；谁知道这所房子住多少日子，何必种了花木让别人看，这是又一说。前者着眼在经济；后者只怕徒劳而得不到报酬。这种见识虽然不能叫我信服，可是究属好意；我对他们都致了谢。然而也并没有立刻动手。直到三年前的冬季，才真个把天井里的水门汀的两边凿去，只留当中一道，作为通路。水门汀下面满是砖砾，烦一个工人用了独轮车替我运出去。他就从不很近的田野里载回来泥土，倒在凿开的地方。来回四五趟，泥土与留着的水门汀平了。于是我买一些植物来种下，计蔷薇两棵，紫藤两棵，红梅一棵，芍药根一个。蔷薇跟紫藤都落了叶，但是生着叶柄的处所，萌芽的小粒已经透出来了；红梅满缀着花蕾，有几个已经展开了一两瓣；芍药根生着嫩红的新芽,像一个个笔尖,尤其可爱。我希望它们发育得壮健些,特地从江湾买来一片豆饼,融化了,分配在各棵的根旁边;又听说芍药更需要肥料,先在安根处所的下边埋了一条猪的大肠。

不到两个月,"一·二八"战役起来了。停战以后,我回去捡残余的东西。天井完全给碎砖断板掩没了。只红梅的几条枝条伸出来,还留着几个干枯的花萼;新叶全不见,大概是没命了。当时心里充满着种种的忿恨,一瞥过后,就不再想到花呀草呀的事。后来回想起来,才觉得这回的种植真是多此一举。既没有点缀人家的房产,也没有让别人看到什么,除了那棵红梅总算看见它半开以外,一点儿效果都没有得到,这才是确切的"犯不着"。然而当初提出驳议的人并不曾想到这一层。

去年秋季,我又搬家了。经朋友指点,来看这所房子,才进里门,我就中了意,因为每所房子的天井都留着泥地,再不用你费事,只一条过路涂的水门汀。搬了进来之后,我就打算种点儿东西。一个卖花的由朋友介绍过来了。我说要一棵垂柳,大约齐楼上的栏干那么高。他说有,下礼拜早上送来。到了那礼拜天,一家人似乎有一位客人将要到来,都起得很早。但是,报纸送来了,到小菜场去买菜的回来了,垂柳却没有消息。那卖花的"放生"了吧,不免感到失望。忽然,"树来了!树来了!"在弄堂里赛跑的孩子叫将起来。三个人扛着一棵绿叶蓬蓬的树,到门首停下;不待竖直,就认知这是柳树而并不是垂柳。为什么不送一棵垂柳来呢?种活来得难哩,价钱贵得多哩,他们说出好些理由。不垂又有什么关系,具有生意跟韵致是一样的。就叫他们给我种在门侧;正是齐楼上的栏干那么高。问多少价钱,两块四,我照给了。人家都说太贵,若在乡下,这样一棵柳树值不到两毛钱。我可不这么想。三个人的劳力,从江湾跑了十多里路来到我里,并且带来一棵绿叶蓬蓬的柳树,还不值这点儿钱吗?就是普通的商品,譬如四毛钱买一双袜子,一块钱买三罐香烟,如果撇开了资本吸收利润这一点来说,付出的代价跟取得的享受总有些抵不过似的,因为每样物品都是最可贵的劳力的化身,而付出的代价怎样来的未必每个人没有问题。

柳树离开了土地一些时,种下去过了三四天,叶子转黄,都软软地倒垂了;但枝条还是绿的。半个月后就是小春天气,接连十几天的暖和,枝条上透出许多嫩芽来;这尤其叫人放心。现在吹过了几阵西风,节令已交小寒,这些嫩芽枯萎了。然而清明时节必将有一树新绿是无疑的。到了夏天,繁密的柳叶正好代替凉棚,遮护这小小的天井:那又合于家庭经济原理了。

柳树以外我又在天井里种了一棵夹竹桃,一棵绿梅,一条紫藤,一丛蔷薇,一个芍药根,以及叫不出名字来的两棵灌木;又有一棵小刺柏,是从前住在这里的人家留下来的。天井小，而我偏贪多；这几种东西长大起来，必然彼此都不舒服。我说笑话，我安排下一个"物竞"的场所，任它们去争取"天择"吧。那棵绿梅花蕾很多，明后天有两三朵开了。

几种赠品

两个月前，接到厦门寄来一封信。拆开来看，是不相识的广洽和尚写的；附带赠给我一张弘一法师最近的相片。信上说我曾经写过那篇《两法师》，一定乐于得到弘一法师的相片。料知人家欢喜什么，就让人家享有那种欢喜，遥远的阻隔不管，彼此还没相识也不管！这种情谊是非常可感的。我立刻写信回答广洽和尚；说是谢，太浮俗了，我表示了永远感激的意思。

相片是六寸的，并非"艺术照相"，布局也平常，跟身旁放着茶几，茶几上供着花盆茶盅的那些相片差不多。寺院的石墙作为背景，正受阳光，显得很亮；靠左一个石库门，门开着，画面就有了乌黑的长方形。地上铺着石板，平，干净。近墙种一棵树，比石库门高一点儿，平行脉叶很搁大，不知道是什么；根旁用低低的石栏围成四方形，栏内透出些兰草似的东西。一张半桌放在树前面，铺着桌布；陈设的是两叠经典，一个装着画佛的镜框子，还有一个花瓶，瓶里插着菊科的小花。这真所谓一副拍照的架子；依弘一法师的艺术眼光看光，也许会嫌得太呆板了；然而他对不论什么都欢喜满足，人家给他这样布置了请他坐下来的时候，他大概连连地说"好的，好的"吧。他端坐在半桌的左边；披着袈裟，折痕很明显；右手露出在袖外，拈着佛珠；脚上还是穿着行脚僧的那种布缕纽成的鞋。他现在不留胡须了，嘴略微右歪，眼睛细小，两条眉毛距离得很远；比较前几年，他显得老了，可是他的微笑里透露出更多的慈祥。相片上题着十个字"甲戌九月居晋水兰若造"，是他的亲笔；照相师给印在前方垂下来的桌布上，颇难看。然而，我想，他看见的时候，大概也是连连地说"好的，好的"吧。

收到了照片以后不多几天，弘一法师托人带来两个瓷碟子，送给丏尊先生跟我。郑重地封裹着，一张纸里面又是一张纸；纸面写上嘱咐的话，请带来的人不要重压。贴着碟子有个字条子："泉州土产瓷碟二个，绘画美丽，堪与和兰瓷媲美，以奉丏尊圣陶二居士清赏。一音。"书法极随便，不像他写经语佛号的字幅那样谨严，然而没有一笔败笔，通体秀美可爱。

瓷碟子的直径大约三寸，土质并不怎样好，涂上了釉，白里泛点儿青；跟上海缸甏店里出卖的最便宜的碗碟差不多。中心画着折枝；三簇叶子像竹叶，另外几簇却又像蔷薇；花三朵，都只有阔大的五六瓣，说不来像什么；一只鸟把半朵花掩没了，全身轮廓作半月形，翅膀跟脚都没有画。叶子着的淡绿；花跟鸟头，淡朱；鸟身和鸟眼是几乎辨不清的淡黄。从笔姿跟着色看，很像小学生的美术课成绩。和兰瓷是怎样的，我没有见过；只觉得这碟子比那些金边的画着工细的山水人物的可爱。可爱在哪里，贪图省力的回答自然只消说"古拙"二字；要说得精到些，恐怕还有旁的道理呢。

前面说起照片，现在再来记述一张照片。贺昌群先生游罢华山，寄给我一张十二寸的放大片。前几年他在上海，亲手照的相我见过好些，这一张该是他的"得意之作"了。

这一张是直幅，左边峭壁，右边白云，把画面斜分成两半。一条栈道从左下角伸出来，那是在山壁上凿成的仅能通过一个人的窄路；靠右歪斜地立着木栏干，有几个人扶着木栏干向上走。路一转往左，就只见深黑的一道裂缝；直到将近左上角，给略微突出的石壁遮没了。后面的石壁有三四处极大的凹陷，都深黑，使人想那些也许是古怪的洞穴。所有的石壁完全赤裸裸的，只后面的石壁的上部挺立着一丛柏树：枝条横生，疏疏落落地点缀着细叶，类似"国画"的笔法。右边半幅白云微微显出浓淡；右上角还有两搭极淡的山顶，这就不嫌寂寞，勾引人悠远的想象。——这里叫做长空栈，是华山有名的险峻处所。

最近接到金叶女士封寄的两颗红豆。附信大意说，家乡寄来一些红豆，同学看见了，一抢而光。这两颗还是偷偷地藏起来的，因为好玩，就寄给我。过一些时，还要变得鲜艳呢。从小读"红豆生南国"的诗，就知道红豆这个名称，可是没有见过实物。现在金叶女士使我长些见识，自然欢喜。

红豆作扁荷包形，跟大豆蚕豆绝不相像。皮朱红色，光泽；每面有不规则形的几搭略微显得淡些。一条洁白的脐生在荷包开口的部分，像小孩的指甲。红豆向来被称为树，而有这生在荚内的果实，大概是紫藤一般的藤本。豆粒很坚硬，听说可以久藏。如果拿来镶戒指，倒是别有意趣的。

这里记述了近来得到的几种赠品。比起名画跟古董来，这些东西尤其可贵，因为这些东西浸渍着深厚的情谊。

牛

在乡下住的几年里,天天看见牛。可是直到现在还像显现在眼前的,只有牛的大眼睛。冬天,牛拴在门口晒太阳。它躺着,嘴不停的磋磨,眼睛就似乎比忙的时候睁得更大。牛眼睛好像白的成分多,那是惨白。我说它惨白,也许为了上面网着一条条血丝。我以为这两种颜色配合在一起,只能用死者的寂静配合着吊丧者的哭声那样的情景来相摹拟。牛的眼睛太大,又鼓得太高,简直到了使你害怕的程度。我进院子的时候经过牛身旁,总注意到牛鼓着的两只大眼睛在瞪着我。我禁不住想,它这样瞪着,瞪着,会猛的站起身朝我撞过来。我确实感到那眼光里含着恨。我也体会出它为什么这样瞪着我,总距离它远远的绕过去。有时候我留心看它将会有什么举动,可是只见它呆呆地瞪着,我觉得那眼睛里似乎还有别的使人看了不自在的意味。

我们院子里有好些小孩,活泼,天真,当然也顽皮。春天,他们扑蝴蝶。夏天,他们钓青蛙。谷子成熟的时候到处都有油炸蜢,他们捉了来,在灶膛里煨了吃。冬天,什么小生物全不见了,他们就玩牛。

有好几回，我见牛让他们惹得发了脾气。它绕着拴住它的木桩子，一圈儿一圈儿的转。低着头，斜起角，眼睛打角底下瞪出来，就好像这一撞要把整个天地翻个身似的。

孩子们是这样玩的，他们一个个远远的站着，捡些石子朝牛扔去。起先，石子不怎么大，扔在牛身上，那一搭皮肤马上轻轻的抖一下，像我们的嘴角动一下似的。渐渐的，捡来的石子大起来了，扔到身上，牛会掉过头来瞪着你。要是有个孩子特别胆大，特别机灵，他会到竹园里找来一根毛竹，伸得远远的去撩牛的尾巴，戳牛的屁股，把牛惹起火来。可是，我从未见过他们撩过牛的头。我想，即使是小孩，也从那双大眼睛看出使人不自在的意味了。

玩到最后，牛站起来了，于是孩子们轰的一声，四处跑散。这种把戏，我看得很熟很熟了。

有一回，正巧一个长工打院子里出来，他三十光景了，还像孩子似的爱闹着玩。他一把捉住个孩子，"莫跑，"他说，"见了牛都要跑，改天还想吃庄稼饭？"他朝我笑笑说，"真的，牛不消怕得。你看它有那么大吗？它不会撞人的，牛的眼睛有点不同。"

以下是长工告诉我的话。

"比方说，我们看见这根木头桩子，牛眼睛看来就像一根撑天柱。比方说，一块田十多亩，牛眼睛看来就没有边，没有沿。牛眼睛看出来的东西，都比原来大，大许多许多。看我们人，就有四金刚那么高，那么大。站到我们跟前它就害怕了，它不敢倔强，随便拿它怎么样都不敢倔强。它当我们只要两个指头就能捻死它，抬一抬脚趾拇就能踢它到半天云里，我们哈气就像下雨一样。那它就只有听我们使唤，天好，落雨，生田，熟田，我们要耕，它就只有耕，没得话说的。你先生说对不对，幸好牛有那么一双眼睛。不然的话，还让你使唤啊，那么大的一个，力气又蛮，踩到一脚就要痛上好几天。对了，我们跟牛，五个抵一个都抵不住。好在牛眼睛看出来，我们一个抵它十几个。"

以后，我进出院子的时候，总特意留心看牛的眼睛，我明白了另一种使人看着不自在的意味。那黄色的浑浊的瞳仁，那老是直视前方的眼光，都带着恐惧的神情，这使眼睛里的恨转成了哀怨。站在牛的立场上说，如果能去掉这双眼睛，成了瞎子也值得，因为得到自由了。

假　山

佩弦到苏州来，我陪他看了几个花园。花园都有假山，作为园子的主要部分。假山下大都是荷花池。亭台轩榭之类就环拱着假山和池塘布置起来。佩弦虽是中年人，而且身子比较胖，却还有小孩的心性，看见假山总想爬。我是幼年时候爬熟了这几座假山了，现在再没有这种兴致，只是坐定在一处地方对着假山看看而已。

假山实在算不得一件好看的东西。乱石块堆叠起来，高高低低，凹凹凸凸，且不说天下决没有这样的山，单说阳光照在上面，明一块，暗一块，支离破碎，看去总觉得不顺眼。石块与石块的胶粘处不能不显出一些痕迹，旧了的还好，新修的用了水门汀，一道道僵白色真令人难受。玄墓山下有一景，叫做"真假山"，是山脚露出一些石块，有洞穴，有皱襞，宛如用湖石堆成的一般。胶粘的痕迹自然没有，走近去看还可以鉴赏山石的"皱法"。然而合着玄墓山一起看，这反而成为一个破绽，跟全山的调子不协调。可观的"真假山"，依我的浅见，要算太湖中洞庭西山的石公山了。那里全山是湖石，洞穴和皱襞俯拾即是，可是浑然一气。又有几十丈高的嶂壁，比虎丘

"千人石"大得多的石滩，真当得上"雄奇"二字。看了石公山再来看花园里的假山，只觉得是不知哪一个石匠把他的石料寄存在这里罢了。

假山上大都种树木，盖亭子。往往整个假山都在树木的荫蔽之下，而株数并不多，少的简直只有一株。亭子里总得摆一张石桌，可以围坐几个人，一座亭子镇压着整个所谓"山峰"也是常有的事。这就显得非常不相称。你着眼在山一方面，树木和亭子未免太大了，如果着眼在树木和亭子一方面，山又未免小得可笑了。《浮生六记》里的《闲情记趣》开头说：

> 留蚊于素帐中，徐喷以烟，使其冲烟飞鸣，作青云白鹤观，果如鹤唳云端，怡然称快。于土墙凹凸处，花台小草丛杂处，常蹲其身，使与台齐，定神细观。以丛草为林，以虫蚁为兽，以土砾凸者为丘，凹者为壑，神游其中，怡然自得。

这不失为很好的幻想。作者所以能"怡然称快"，"怡然自得"，在乎比拟得相称。以烟为云，自不妨以蚊为鹤；以丛草为树林，以土砾为丘壑，自不妨以虫蚁为走兽。假若在蚊帐中"徐喷以烟"，而捕一只麻雀来让它逃来逃去，或者以丛草为树林，而让一只猫蹲在丛草之上，这就凝不成"青云白鹤"和"林壑幽深"的幻想，也就无从"怡然"了。假山上长着大树，盖着亭子，情形正跟上面所说的相类。不相称的东西硬凑在一起，只使人觉得是大树长在乱石堆上，亭子盖在乱石堆上而已。

据说假山在花园中起障蔽的作用。如果全园的景物一目了然，东边望得到西边，南边望得到北边，那就太不曲折，太没有深致了。有假山障蔽着，峰回路转，又是一番景象，这才引人入胜。这个话当然可以承认，而且有一些具体的例子证明这个作用的价值。顾家的怡园，靠西一带假山把全园的景物遮掩了，你走到假山的西边去，回廊和旱船显得异常幽静，假山下的一湾水好像是从远处的泉源通过来的（其实就是荷花池中的水），引起你的遐想。还有，拙政园的进园处类似从前衙署中的二门，如果门内留着空旷处所，从园中望出来就非常难看。当初设计的人为弥补这个缺陷，在门内堆了一座假山，使你身在园中简直看不见那一道门。可见假山的障蔽作用确有它的价值。然而障蔽不一定要用假山。在园林建筑上，花墙极受重视，也为它的障蔽作用。墙上砌成各式各样的镂空图案，透着光，约略看得见隔墙的景物。这种"隔而不隔"的手法，假若使用得适当，比较堆假山作障蔽更有意思。此外，丛树也可以作障蔽之用。修剪得法，一丛树木还可以当一幅画看。用假山，固然使花园增加了曲折和深致，但是也引起了一堆乱石之感。利弊相较，孰轻孰重，正难断言。

依传统说法，假山并不重在真有山林之趣，假山本来是假山。路径的盘曲,层次的繁复,凡是山上所有的景物,如绝壁、危梁、岩洞、石屋,应有尽有,正合"麻雀虽小,五脏俱全"的谚语,在这等地方,显出设计的人的匠心。而假山的可贵也就在此。有名的狮子林,大家都说它了不起,就为那假山具有上面所说的那些条件。我小时候还没到过狮子林,长辈告诉我说,那里的假山曲折得厉害,两个人同在山上,看也看得见,手也握得着,但是他们要走到一条路上,还得待小半天呢。后来我去了,虽然不至于小半天,走走的确要好些时间。沿着高下屈曲的路径走,一路上遇见些"具体而微"的山上应有的景物。总之是层次多,阻隔多。就从这个诀窍,产生了两个人看得见而不能立刻碰头的效果。要堆这样一座假山当然不是容易事,不比建筑整整齐齐的房屋,可以预先打好平面和剖面的图样。这大概是全凭胸中的一点意象,堆上了,看看不对就卸下,卸下了,想停当了,再堆上,这样精心经营,直到完工才得休歇。然而不容易的事不一定做成功具有艺术价值的东西。在芝麻大的一粒象牙上刻一篇《陋室铭》,难是难极了,可是这东西终于是工匠的制品,无从列入艺术之林。你在假山上爬来爬去,只觉得前后左右都是石块,逼窄得很。遇见一些峭壁悬崖,你得设想自己缩到一只老鼠那样小才有味。如果你忘不了自己是个人,让躯体跟峭壁悬崖对照,那就像走进了小人国一般,峭壁悬崖再没有什么气魄,只见得滑稽可笑了。爬到"绝顶"的时候,且不说一览宇宙之大,你总要想来一下宽广的眺望吧。但是糟得很，什么堂什么轩的屋顶就挤在你眼前，你可以辨认那遗留在瓦楞上的雀粪。真山真水若是自然手创的艺术品，假山便是人类的难能而不可贵的"匠"制。凡是可以从真山真水得到的趣味，假山完全没有。

　　看既没有可看，爬又无甚意趣，为什么花园里总得堆一座假山呢？山不可移。叠起一堆乱石来硬叫它山，石块当然不会提抗议。而主人翁便怡然自得，心里想："万物皆备于我矣，我的花园里甚至有了山。"舒服得无可奈何的人往往喜爱"万物皆备于我"，古董，珍宝，奇花，异卉，美人，声伎，样样都要，岂可独缺名山？堆了假山，虽然眼中所见的到底不是山，而心中总之有了山了，于是并无遗憾。兴到时吟吟诗，填填词，尽不妨夸张一点儿，"苍崖千丈"呀，"云气连山"呀，写上一大套征求吟台酬和，作为消闲的一法。这不过随便揣想罢了，从前的绅富爱堆假山究竟是这个意思不是，当然不能说定。

书 桌

十多年前寄居乡下的时候,曾经托一个老木匠做一张书桌。我并不认识这个老木匠,向当地人打听,大家一致推荐他,我就找他。

对于木材,我没有成见,式样也随便,我只要有一张可以靠着写写字的桌子罢了。他代我作主张,用梧桐,因为他那里有一段梧桐,已经藏了好几年,干了。他又代我规定桌子的式样。两旁边的抽屉要多少高,要不然装不下比较累赘的东西。右边只须做一只抽屉,抽屉下面该是一个柜子,安置些重要的东西,既见得稳当,取携又方便。左右两边里侧的板距离要宽些,要不然,两个膝盖时时触着两边的板,就感觉局促,不舒服。我样样依从了他,当时言明工料价六块钱。

过了一个星期,过了半个月,过了二十多天,不见他把新书桌送来。我再不能等待了,特地跑去问他。他指着靠在阴暗的屋角里的一排木板,说这些就是我那新书桌的材料。我不免疑怪,二十多天工夫,只把一段木头解了开来!

他看出我的疑怪,就用教师般的神情给我开导。说整段木头虽然干了,解了开来,里面还未免有点儿潮。如果马上拿来做家伙，不久就会出毛病，或是裂一道缝，或是接榫处松了。人家说起来，这是某某做的"生活"，这么脆弱不经用。他向来不做这种"生活"，也向来没有受过这种指摘。现在这些木板，要等它干透了，才好动手做书桌。

他恐怕我不相信，又举出当地的一些人家来，某家新造花厅，添置桌椅，某家小姐出阁准备嫁妆，木料解了开来，都搁在那里等待半年八个月再上手呢。"先生，你要是有工夫，不妨到他们家里去看看，我做的家伙是不容它出毛病的。"他说到"我做的家伙"，黄浊的眼睛放射出夸耀的光芒，宛如文人朗诵他的得意作品时候的模样。

我知道催他快做是无效的，好在我并不着急，也就没说什么催促的话。又过了一个月，我走过他门前，顺便进去看看。一张新书桌站在墙边了，近乎乳白色的板面显出几条年轮的痕迹。老木匠正弯着腰，几个手指头抵着一张"砂皮"，在磨擦那安抽屉的长方孔的边缘。

我说再过一个星期，大概可以交货了吧。他望望屋外的天，又看看屋内高低不平的泥地，摇头说："不行。这样干燥的天气，怎么能上漆呢？要待转了东南风，天气潮湿了，上漆才容易干，才可以透入木头的骨子里去，不会脱落。"

此后下了五六天的雨。乡下的屋子，室内铺着方砖，每一块都渗出水来，像劳工背上淌着汗。无论什么东西，手触上去总觉得黏黏的。穿在身上的衣服也散发出霉蒸气。我想，我的新书桌该在上漆了吧。

又过了十多天,老木匠带同他的徒弟把新书桌抬来了。栗壳色,油油的发着光亮,一些陈旧的家具和它一比更见得黯淡失色了。老木匠问明了我,就跟徒弟把书桌安放在我指定的地位,只恐徒弟不当心,让桌子跟什么东西碰撞,因而擦掉一点儿漆或是划上一道纹路,他连声发出"小心呀""小心呀"的警告。直到安放停当了,他才松爽地透透气,站远一点儿,用一只手摸着长着灰色短须的下巴,悠然地鉴赏他的新作品。我交给他六块钱,他随便看了一眼就握在手心里,眼光重又回到他的新作品。最后说:"先生,你用用看,用了些时,你自然会相信我做的家伙是可以传子孙的。"他说到"我做的家伙",夸耀的光芒又从他那黄浊的眼睛放射出来了。

以后十年间,这张书桌一直跟着我迁徙。搬运夫粗疏的动作使书桌添上不少纹路。但是身子依旧很结实,接榫处没有一点儿动摇。直到"一·二八"战役,才给毁坏了。大概是日本军人刺刀的功绩。以为锁着的柜子里藏着什么不利于他们的东西,前面一刀,右侧一刀,把两块板都划破了。左边只有三只抽屉,都没有锁,原可以抽出来看看的,大概因为军情紧急吧,没有一只一只抽出来看的余裕,就把左侧的板也划破了,而且拆了下来,丢在一旁。

事后我去收拾残余的东西。看看这张相守十年的书桌,虽然像被残害的尸体一样,肚肠心肺都露出来了,可是还舍不得就此丢掉。于是请一个木匠来，托他修理。木匠说不用抬回去，下一天带了材料和家伙来修理就是了。

第二天下午，我放工回家，木匠已经来过，书桌已经修理好了。真是看了不由得生气的修理！三块木板刨也没刨平。边缘并不嵌入木框的槽里，只用几个一寸钉把木板钉在木框的外面。涂的是窑煤似的黑漆，深一搭，浅一搭，仿佛还没有刷完工的黑墙头。工料价已经领去，大洋一块半。

我开始厌恶这张书桌了。想起制造这张书桌的老木匠，他那种一丝不苟的态度，简直使缺少耐性的人受不住，然而他做成的家伙却是无可批评的。同样是木匠，现在这一个跟老木匠比起来，相差太远了。我托他修理，他就仅仅按照题目做文章，还我一个修理。木板破了，他给我钉上不破的。原来涂漆的，他也给我涂上些漆。这不是修理了吗？然而这张书桌不成一件家伙了。

同样的事在上海时时会碰到。从北京路那些木器店里买家具，往往在送到家里的时候就擦去了几处漆，划上了几条纹路。送货人有他的哲学。你买一张桌子，四把椅子，总之送给你一张桌子，四把椅子，决不短少一件。擦去一点儿漆，划上几条纹路，算得什么呢！这种家具使用不久，又往往榫头脱出了，抽屉关不上了，叫你看着不舒服。你如果去向店家说话，店家又有他的哲学给你作答。这些家具在出门的时候都是好好的，总之我们没有把破烂的东西卖给你。至于出门以后的事，谁管得了！这可以叫做"出门不认货"主义。

又譬如冬季到了，你请一个洋铁匠来给你装火炉。火炉不能没有通气管子，通气管子不能没有支持的东西，他就横一根竖一根地引出铅丝去，钉在他认为着力的地方。达，达，达，一个钉子钉在窗框上。达，达，达，一个钉子钉在天花板上。达，达，达，一个钉子钉在墙壁上。可巧碰着了砖头，钉不进去，就换个地方再钉。然而一片粉刷已经掉了下来，墙壁上有了伤疤了。也许钉了几回都不成功，他就凿去砖头，嵌进去一块木头。这一回当然钉牢了，然而墙壁上的伤疤更难看了。等到他完工，你抬起头来看，横七竖八的铅丝好似被摧残的蜘蛛网，曲曲弯弯伸出去的洋铁管好似一条呆笨的大蛇，墙壁上散布着伤疤好像谁在屋子里乱放过一阵手枪。即使火炉的温暖能给你十二分舒适，看着这些，那舒适不免要打折扣了。但是你不能怪洋铁匠，他所做的并没有违反他的哲学。你不是托他装火炉吗？他依你的话把火炉装好了，还有什么好说呢？

倘若说乡下那个老木匠有道德，所以对于工作不肯马虎，上海的工匠没有道德，所以只图拆烂污，出门不认货，不肯为使用器物的人着想，这未免是拘墟之见。我想那个老木匠，当他幼年当徒弟的时候，大概已经从师父那里受到熏陶，养成了那种一丝不苟的态度了吧。而师父的师父也是这么一丝不苟的，从他的徒孙可以看到他的一点儿影像。他们所以这样，为的是当地只有这些人家做他们永远的主顾，这些人家都是相信每一件家伙预备传子孙的，自然不能够潦潦草草对付过去。乡下地方又很少受时间的催迫。女儿还没订婚，嫁妆里的木器却已经在置办了。定做了一件家具，今天拿来使用跟下一个月拿来使用，似乎没有什么分别，甚至延到明年拿来使用也不见得怎样不方便。这又使他们尽可以耐着性儿等待木料的干燥和天气的潮湿。更因主顾有限，手头的工作从来不会拥挤到忙不过来，他们这样从从容容，细磨细琢，一半自然是做"生活"，一半也就是消闲寄兴的玩意儿。在这样情形之下做成的东西，固然无非靠此换饭吃，但是同时是自己精心结撰的制作，不能不对它发生珍惜爱护的心情。总而言之，是乡下的一切生活方式形成了老木匠的那种态度。

都市地方可不同了。都市地方的人口是流动的，同一手艺的作场到处都有，虽不能说没有老主顾，像乡下那样世世代代请教某一家作场的老主顾却是很少的。一个工匠制造了一件家具，这件家具将归什么人使用，他无从知道。一个主顾跑来，买了一两件东西回去，或是招呼到他家里去为他做些工作，这个主顾会不会再来第二回，在工匠也无从预料。既然这样，工作潦草一点儿又何妨？而且，都市地方多的是不嫌工作潦草的人。每一件东西预备传子孙的观念，都市中人早已没有了（他们懂得一个顶扼要的办法，就是把钱传给子孙，传了钱等于什么都传下去了）。代替这个观念的是想要什么立刻有什么。住亭子间的人家新搬家，看看缺少一张半桌，跑出去一趟，一张半桌载在黄包车上带回来了，觉得很满意。住前楼的文人晚上写稿子，感到冬天的寒气有点儿受不住，立刻请个洋铁匠来，给装上个火炉。生起火炉来写稿子，似乎文思旺盛得多。富翁见人家都添置了摩登家具，看看自己家里，还一件也没有，相形之下不免寒伧，一个电话打出去，一套摩登家具送来了。陈设停当之后，非常高兴，马上打电话招一些朋友来叙叙。年轻的小姐被邀请去当女傧相了，非有一身"剪刀口里"的新装不可，跑到服装公司里，一阵的挑选和叮嘱，质料要时髦，缝制要迅速，临到当女傧相的时刻，心里又骄傲又欢喜，仿佛满堂宾客的眼光一致放弃了新娘而集中在她一个人身上似的。当然，"想要什么"而不能"立刻有什么"的人居大多数，为的是钱不凑手。现在单说那些想要什么立刻有什么的，他们的满足似乎只在"立刻有什么"上，要来的东西是否坚固结实，能够用得比较长久，他们是不问的。总之，他们都是不嫌工作潦草的人。主顾的心理如此，工匠又何苦一定要一丝不苟？都市地方有一些大厂家，设着验工的部分，检查所有的出品，把不合格的剔出来，不让它跟标准出品混在一起，因而他们的出品为要求形质并重的人所喜爱。但是这种办法是厂主为要维持他那"牌子"的信用而想出来的，在工人却是一种麻烦，如果手制的货品被认为不合格，就有罚工钱甚至停工的灾难。现在工厂里的工人再也不会把手制的货品看做艺术品了。他们只知道货品是玩弄他们生命的怪物，必须服事了它才有饭吃，可是无论如何吃不饱。——工人的这种态度和观念,也是都市地方的一切生活方式形成的。

近年来乡下地方正在急剧地转变,那个老木匠的徒弟大概要跟他的师父以及师父的师父分道扬镳了。

我坐了木船

从重庆到汉口，我坐了木船。

木船危险，当然知道。一路上数不尽的滩，礁石随处都是。要出事，随时可以出。还有盗匪——实在是最可怜的同胞，他们种地没得吃，有力气没处出卖，当了兵经常饿肚子，没奈何只好出此下策。假如遇见了，把铺盖或者身上衣服带了去，也是异常难处的事儿。

但是，回转来想，从前没有轮船，没有飞机，历来走川江的人都坐木船。就是如今，上上下下的还有许多人在那里坐木船，如果统计起来，人数该比坐轮船坐飞机的多得多。人家可以坐，我就不能坐吗？我又不比人家高贵。至于危险，不考虑也罢。轮船飞机就不危险吗？安步当车似乎最稳妥了，可是人家屋檐边也可能掉下一片瓦来。要绝对避免危险就莫要做人。

要坐轮船坐飞机，自然也有办法。只要往各方去请托，找关系，或者干脆买张黑票。先说黑票，且不谈付出超过定额的钱，力有不及，心有不甘，单单一个"黑"字，就叫你不愿领教。"黑"字表示作弊，表示越出常轨，你买黑票，无异帮同作弊，赞助越出常轨。一个人既不能独个儿转移风气，也该在消极方面有所自守，帮同作弊，赞助越出常轨的事儿，总可以免了吧。——这自然是书生之见，不值通达的人一笑。

再说请托找关系，听人家说他们的经验，简直与谋差使一样的麻烦。在传达室恭候，在会客室恭候，幸而见了那要见的人，他听说你要设法船票或飞机票，爱理不理的答复你说："困难呢……下个星期再来打听吧……"于是你觉着好像有一线希望，又好像毫无把握，只得挨到下个星期再去。跑了不知多少回，总算有眉目了，又得往这一处签字，那一处盖章，看种种的脸色，候种种的传唤。为的是得一份充分的证据，可以去换一张票子。票子到手，身份可改变了，什么机关的部属，什么长的秘书，什么人的本人或是父亲，或者姓名仍旧，或者必须改名换姓，总之要与你自己暂时脱离关系。最有味的是冒充什么部的士兵，非但改名换姓，还得穿上灰布棉军服，腰间束一条皮带。我听了这些，就死了请托找关系的念头。即使饿得要死，也不定要去奉承颜色谋差使，为了一张票子去求教人家，不说我自己犯不着，人家也太费心了。重庆的路又那么难走，公共汽车站排队往往等上一个半个钟头，天天为了票子去奔跑实在吃不消。再说与自己暂时脱离关系，换上别人的身份，虽然人家不大爱惜名器，我可不愿滥用那些名器。我不是部属，不是秘书，不是某人，不是某人的父亲，我是我。我毫无成就，样样不长进，我可不愿与任何人易地而处，无论长期或是暂时。为了跑一趟路，必须易地而处，在我总觉得像被剥夺了什么似的。至于穿灰布棉军服更为难了,为了跑一趟路才穿上那套衣服,岂不亵渎了那套衣服?亵渎的人固然不少,我可总觉不忍。——这一套又是书生之见。

抱着书生之见,我决定坐木船。木船比不上轮船,更比不上飞机,千真万确。可是绝对不用请托,绝对不用找关系,也无所谓黑票。你要船,找运输行。或者自己到码头上去找。找着了,言明价钱,多少钱坐到汉口,每一块钱花得明明白白。在这一点上,我觉得木船好极了,我可以不说一句讨情的话,不看一副难看的嘴脸,堂堂正正凭我的身份东归。这是大多数坐轮船坐飞机的朋友办不到的,我可有这种骄傲。

决定了之后,有两位朋友特地来劝阻。一位从李家沱,一位从柏溪,不怕水程跋涉,为的是关爱我,瞧得起我。他们说了种种理由,设想了种种可能的障碍,结末说,还是再考虑一下的好。我真感激他们,当然不敢说不必再考虑,只好带玩笑的说"吉人天相",安慰他们的激动的心情。现在,他们接到我平安到达的消息了,他们也真的安慰了。

驾 长

白木船上的驾长就等于轮船上的大副,他掌着舵。

一个晚上,我们船上的驾长喝醉了。他年纪快五十,喝醉了就唠唠叨叨有说不完的话。那天船歇在云阳,第二天要过好几个滩。他说推桡子的不肯卖力,前几天过滩,船在水面打了个转,这不是好耍的。他说性命是各人的,他负不了这个责。当时就有个推桡子的顶他:"'行船千里,掌舵一人',你舵没有把稳,叫我们推横桡的怎么办!"

在大家看来,驾长是船上顶重要的人物。我们雇木船的时候,担心到船身牢实不牢实。船老板说:"船不要紧,人要紧。只要请的人对头,再烂的船也能搞下去。"他说的"人"大一半儿指的驾长。船从码头开出,船老板就把他的一份财产全部交给驾长了,要是他跟着船下去,连他的性命也交给了驾长。乘客们呢?得空跟驾长聊几句,晚上请他喝几杯大曲。"巴望他好好儿把我们送回去吧,好好儿把我们送回去吧。"

舵在后舱,一船的伙计就只有驾长在后舱做活路。我们见着驾长的时候最多,对于驾长做的活路比较熟悉。一清早,我们听驾长爬过官舱的顶篷到后舱的顶篷,一手把后舱的一张顶篷揭起，一片亮就透进舱来。我们看他把后舱的顶篷全收了，拿起那块长长的蹬板搁在两边舱壁上，一脚蹬上去，手把住舵。于是前面的桡夫就下篙子，船撑开了。

驾长那么高高的站在蹬板上，头露出在顶篷外，舵把子捏在手里，眼睛望着前面。我们觉得这条船仿佛是一匹马，一匹能够随意驰骋的马，而驾长是骑手。你要说这是个很美的比喻吧？可是，他掌着舵只是做活路，没有大野驰马的豪兴。我们同行有两条船，两条船上的驾长都喝酒。我们船上的年纪大多了，力气差些，到滩上，他多半在蹬板上跺脚，连声喊："扳重点！扳重点！……就跟搔痒一样！"有一回，舵把子打手里滑脱了，亏得旁边几个乘客帮他扳住。他重新抓住舵把子的时候，笑了笑说："好几个百斤重呢。不是说着耍的。"另一条船上的年轻人什么时候都喝酒，他夸张的摆给我们听："不喝酒可有点儿害怕呢。脚底下水那么凶，不说假的，你们看到就站不住。喝点酒，要放心些。"我们的驾长就不然，做活路的时候他决不喝酒。这不是说他比那年轻人胆大，对于可怕的水他们两个抱着不同的害怕态度。

木船上禁忌很多，好些话不能说。偏偏那些话关于航行的多，我们时常会不知不觉的说出来。推桡子的听见了，会朝我们说："说不得，说不得。"驾长听见了，会老大的不高兴，好像我们故意在跟他捣蛋。是的，人家把性命财产交给了他，他把这个责任跟他自己的性命一半儿交给了"经验"，还有一半儿呢,不知道交给什么,也许就是交给那些禁忌吧。船上的伙计们说:"船开动了头,就不消问哪天到哪里。这是天的事,你还做得到主啊?"

川江的水凶,水太急的地方,单凭一把舵转不过弯来。所以船头上还有一根梢子,在要紧时候好帮帮舵的忙。扳梢子的大家也把他叫做驾长。到滩上,他总站在船头比手势,给掌舵的指明水路,好像是轮船上的领江。他拿的工钱跟掌舵的一样。

桡夫子

川江里的船,多半用桡子。桡子安在船头上,左一支右一支的间隔着。平水里推起来,桡子不见怎么重。推桡子的往往慢条斯理的推着,为的路长,犯不着太上劲,也不该太上劲。据推桡子的说,到了逆势的急水里,桡子就重起来,有时候要上一百斤。这在别人也看得出来,推桡子的把桡子推得那么重,身子前俯后仰的程度加大了。过滩的时候,非使上全身的气力,桡子就推不动。水势是这样的,船的行势是那样的,水那股汹涌的力量全压在桡子上。推桡子的脚蹬着船板,嘴里喊着"咋咋——呵呵呵",是这些沉重的声音在教船前进呢。过了滩,推桡子的累了,就又慢条斯理的了。

这些推桡子的,大家管他们叫"桡夫子"。

好些童话里说到永远摇着船的摆渡人,他老在找个替手,从他手里把桨接过去,一摆脱桨,他就飞一样地跑了,再不回头看一看他那摇了那么久的船了。在木船上二十多天,我们天天看桡夫子们做活,不禁想起他们就是童话里说的摆渡人。天天是天刚亮他们就起来卷铺盖。天天是喊号子的一声"喔——喔嗷——嗷",弟兄伙就动手推桡子。天天是推过平水上流水，推过流水又是平水。天天是逢峡过峡，逢滩过滩。天天是三餐干饭。天天是歇力的时候抽一杆旱烟。天天听喊号子的那样唱："哥弟伙，使力推，推上流水好松懈""弟兄伙，用力拖，拢到地头有老酒喝"。这样，天天赶拢一个码头。随后，他们喝酒，耍钱，末了在船头上把铺盖打开，就睡在桡子旁边。

那个烧饭的（烧饭的管做饭，看太平舱，是船上的总务，他的工钱比别的桡夫子大）跟我们说起过："到了汉口，随便啥子活路跟我说一个嘛，船上这个饭不好吃。"他说："岸上的活路没得这么'讨神'，一天三顿要做那么多人吃的，空下来还顶一根横桡，清早黑了又要看舱，是不是？船漏了是你的责任嘛。"他说："这么点儿钱，哪儿不挣了？"他年纪还轻，人很精灵，想要放下手里的桨，换个新活路。在他看来，除了自己手上的都满不错。

别的桡夫子们，有好几个已经三十多了。一个十六七岁的，上一代也吃船上饭，也是推桡子的。这些人却不想放下手里的桨，都是每天不声不响的提起桡子，按着节拍一下一下推着。他们拿该拿的钱，吃该吃的饭，做该做的活。推船跟干别的活无非为了挣钱，他们干这一行，就吃这一行饭，靠这一行吃饭，永远靠这一行吃饭。"钱是各人各自挣的嘛，做得到哪一门活路，吃得成哪一门饭，未必是说着耍的，随随便便就拿钱给你挣了！"他们这样说。

我们下来的时候，从重庆到宜昌推一趟，每人拿得到四五万元。

在船开动的前一天，就散了一些工资。这是给桡夫子们安家买"捎带"的。"捎带"各人各买，有买川连的，有买炭砖的，有买柴火的，也有买饭箕的。买了各自扛上船，老板有地方给他们安放。老板说："我不得亏待你们，总有钱给你们办'捎带'的。"桡夫子们说："牲钱（工资）拿来有屁用！不办点'捎带'，回来扯不成洋船票，还走不到路呐。"这些"捎带"有赚有蚀。听到底下哪门货色行市，他们就办哪门。也许这已经是几个月前的信息了，也许根本就没有这回事。不过他们总是高高兴兴地把"捎带"办了来，找个顶落位的地方放好，心里想，也许在这上头可以赚一笔大钱呢。

白 采

那一年我从甪直搬回苏州,一个晴朗的朝晨,白采君忽地来看我。先前没有通过信,来了这样轻装而背着画具的人,觉得突兀。但略一问答之后,也就了然,他是游苏州写风景来的,因为知道我的住址,顺便来看我。我始终自信是一无所知一无所能的人,虽然有愿意了解别人以善意恳切对待别人的诚心,但是从小很少受语言的训练,在人前难得开口,开口又说不通畅,往往被疑为城府很深甚至是颇近傲慢的人。而白采君忽地来看我,我感激并且惭愧。

白采君颇白皙,躯干挺挺的使人羡慕。坐了一会,他说附近有什么可看的地方愿意去看看。我就同他到沧浪亭,在桥上望尚未凋残的荷盖。转到文庙,踏着泮池上没踝的丛草,蚱蜢之类便三三两两飞起来。

大成殿森然峙立在我们面前,微闻秋虫丝丝的声音,更显得这境界的寂寥。我们站在殿前的阴影里,不说话。白采君凝睛而望,一手按着内装画板的袋子。我想他找到画题了吧,看他作画倒是有味的事。但是他并不画,从他带笑的颧颊上知道他得到的感兴却不平常。

我想同他出城游虎丘,但是他阻住我,说太远了,他不愿多费我的时间,——其实我的时间算得什么。我声明无妨,他只是阻住,于是非分别不可了。就在文庙墙外,他雇了一头驴子,带着颇感兴趣的神情跨了上去。驴夫一鞭子,那串小铜铃康郎康郎作响,不多时就渺无所闻,只见长街远处小玩具似的背影在那里移动。

我的记性真不行,那一天谈些什么,现在全想不起来了。

后来也通过好几回信,都是简短的,并不能增进对于他的了解。但是他的几篇小说随后看到了,我很满意。我们读无论怎样好的文字,最初的感觉也无非是个满意,换句话说,就是字字句句入我意中,觉得应该这么说,不这么说就不对。但是,单说满意似乎太寒伧了,于是找些渊博的典雅的话来这样那样烘托,这就是文学批评。去年,他的深自珍秘的一首长诗《羸疾者的爱》刊布出来了,我读了如食异味,深觉与平日吃惯了的青菜豆腐乃至鱼肉不同,咀嚼之余,颇想写一点文字。但是念头一转,我又不懂什么文学批评,何必强作解人呢,就把这意思打消了。不过我坚强地相信这是一首好诗,虽然称道的人不大有。

去年冬,我们到江湾看子恺君的漫画。在立达学园门前散步的时候,白采君与别的几位教师从里面出来,就一一招呼,错落聚谈。白采君不是前几年的模样了,变得消瘦,黝黑,干枯,说话带伤风的鼻音。后来知道他有吐血的病。

今年大热天的一个午后,愈之君跑来突然说:"白采死了!"

"啊!"大家愕然。

我恍惚地想大概是自杀吧,当时虽不曾想到他的诗与小说,但是他的诗与小说早使我认定他是骨子里悲观的人。

经愈之君说明,才知道是病死在船上的。

"人生如朝露"等古老的感慨,心里固然没有,但是一个相识而且了解他的心情的人离开我们去了,永不回来了,决不是暂时的哀伤。

他的遗箧里有许多珍秘的作品,我愿意尽数地读它们。已经刊布的一篇诗一本小说集,近来特地检出来重读了。我们能更多地了解他,他虽然死了,会永远生存在我们的心里。

好友宾若君

前晚,善儿将睡,倦意已笼住他的眉目,忽然懊丧地说:"听济昌说,明天他要跟着祖父母母亲回苏州去了。"

济昌跟善儿同班,是善儿最好的朋友。当善儿说起学校里的玩戏时,我们往往不待思索地问:"是不是跟济昌?"或者陈说功课的成绩时,我们也常常会问:"那么济昌的成绩怎样?"

听善儿这么说,知道离别之感侵入他的心了。而在我,更触动了似已淡忘而实在是有意避开的生死之感,于是颇觉凄然。

济昌的父亲宾若君,我永远纪念的好友,是给火车轮辗伤而惨死的。在我粘贴照片的簿子里,有他一帧半身的遗像,我在上边题着"是具真诚能实行的教育家"十一个字。

宾若君在甪直当高小学校校长,先后邀伯祥与我去当教员。本来是同学,犹如亲兄弟一样,复为同事,真个手足似地无分彼此,只觉各是全体的一部分。我因年轻不谙世故,当了几年教师,只感到这一途的滋味是淡的,有时甚且是苦的;

但自从到甪直以后，乃恍然有悟，原来这里头也颇有甜津津的味道。

宾若君不好空议论，当然也不作现在所谓宣传性质的文字，他对于教育只是"认真"，当一件事去干。在到甪直之前，他在诗人所萦系的虎丘下的七里山塘当小学校长。山塘的店家每看宾若君的往还作他们的时计；而学生家属有难决的事，如关于疾病资产营业等的，宾若君往往是他们的重要顾问：这就见得他不单是个教读书写字的教师。

我与他同事以后，只觉得他的诚恳远过于我，竟略带压迫的力量。学生偶犯过失，他招犯过失的学生到他的办事室里详细地开导，严正而慈祥，往往是一点钟两点钟。末了，那学生擦着悔悟的眼泪退出来，宾若君自己的眼眶也好像湿润了。他热心于卫生常识的传授，以为这是一切的基本，所以讲刷牙齿洗澡等每至两三星期，讲了之后，见学生一一照着做了，他才放心。

他并不主张什么教育什么教育，像其他的教育工作者。

他的唱歌是学生时代早著名的，曼声徐引，有女性的美而无其靡。课毕，学生回去了，我们有时沽酒小酌，酒既半醺，他按拍而歌，双颜红润，殊觉可爱。数阕以后，歌者听者皆觉无上快适，已消散了积日的辛劳。

我对他也有不满意之点，就在他略带粘滞的性质。他总是"三思而后行"，而我以为未免多了一思或两思。但是轻忽债事的先例正多呢,像他这样审虑再四,欲行又止,即从最平常的方面说,也未必不因而少偾了几件事。所以我的不满意只因彼此的气质有不同罢了。

那年暑假已过,我因父亲去世,移家住甪直。宾若君家里有事,来了又回去,说两三天就来。但是第三天没有来。他是不肯失约的,这不来颇使我们疑怪,揣度的结论是他害病了。次日傍晚,两条航船都已泊在埠头,连船夫也散得渺无踪影,而他仍杳然。我与伯祥回家,正在谈论不知他的病重不重,那每晚来一趟的瘦脸邮差送信来了。伯祥接信,看了看,似乎放心又略带惊讶地说:

"果然,他病了,这是他的老太爷写的。"

"啊!"伯祥抽出信笺看,突然叫起来。我赶忙凑近去看,八九行的话,似乎个个字是生疏的,重看一遍方才明白。信里说宾若君在昆山下车,车尚未停稳,失足陷入月台与车身之间,致下身被轧受伤甚重;现由路局送回苏州,入福音医院医治;医生说暂时没有把握,要看一两天内经过情形再说。

这消息于我们真是一声霹雳似地震撼;也不是悲伤,也不是惊惶,实在无以名心头一时的情状。想到这个具有真诚的心的可贵的躯体正淌着红血,想到老年的父母亲爱的哥哥正在伤心这猝然降临的不幸,我们的心都麻木了……

次日,这消息震荡了全校的心,有如突然来了狂飙。

又次日，我们买舟到苏探视。原是怀着寒怯的心情的，到望见福音医院低低的围墙时，全身仿佛被束缚了，不相信等会儿会有登岸跨进门去的勇气。"但愿是梦里吧！"这样无聊地想。

真同梦里一样，恍惚地登岸，恍惚地进医院的门。繁密的绿叶遮蔽了下射的阳光，细沙路阴森森的，树以外飘来礼拜堂里唱颂祷诗的沉静而稍带悲哀的声音，一缕哀酸直透心胸，我流泪了。

前边来了宾若君的大哥勖初君，我们迎上去问，差不多都噤口了，只简短地低低说："怎样？"

勖初君的眼睛网着红丝，惘然的，想来已经过度失眠而且流了好些眼泪吧。他摇头默叹，说宾若君失血太多了，至于十之六七，大半身无处不烂，肠也有被轧出来的，简直无望了。

立刻要去看见的是个未死而被判定必死的好友，还能有余裕想什么！无形的大石块早已紧紧压住我们了。我们承着这无形的大石块踅进病房，一切所见全是浮泛的，也不曾嗅到病房里特有的药气或者其他气味。

宾若君盖在红色的被单之下，这个想是医院里特别预备来混淆可怕的血迹，以减轻视疾者的忧惧的吧。但是我们明知这里掩盖着半截腐烂了的身体，虽用红色，又有什么用呢？他的脸色纯乎灰白，眼睛时时张开，头发乱结像衰草。他神志还清，抬起眼来望着我们，说："你们来看我了，谢谢。我的毛病……学校……唷……唷……"一阵剧痛打断了他的话。

除了"你放心养病，一切都有我们在"这样虚空的安慰语，还有什么可说的？不知怎样的，两条腿就把我们载出这间病室，与直躺着的宾若君分别了。伤心呵，这就是永远永远的分别，我竟不曾仔细地多看他一眼。

记得床头站着个悲伤的影子，默默的，低头，是宾若君的夫人。

受伤后的七天，宾若君才离开了人世。我因牵于校课，不曾去送殓。后来知道，宾若君在最后的两三天里是吃尽了剧烈的痛楚的。血流得越多，残破的肌肉和内脏越发不可收拾，痛觉也越见厉害。不知几千百回的沉吟哀号，不知几千百回的辗转反侧，使在旁侍奉的人想不出一点儿办法。医生给他打吗啡针，麻醉他的痛觉，但是不见有效，还是一阵阵的痛。后来他实在担当不住了，对自己的命运也已明白，含着眼泪哀恳他的二哥致觉君说："二哥，你是我的亲哥哥，疼我的，请设法让我早点儿死吧！"

致觉君是个诚笃的人，虽然万分伤心，却同意宾若的要求，就去与医生商量。

把病人看做死物一般的医生只是摇头，他们对于病人亲属的眼泪和哀泣，视同行云流水，无所动心。

"他不是绝对没有希望了么？"

"是的,绝对没有希望。"

"他当不起强烈的痛楚呢!"

"我们能够做的,就是给他打针。"

"打了针还是痛。"

"这就没有办法了。"

"与其听他多延时刻,多吃痛苦,还不如让他早点儿解脱?这是我们对于他的唯一帮助,我们是人,人有同情心,不这样做是我们的罪过!"

"向来没有这个办法。"

"哥罗仿(三氯甲烷)之类,你们不是惯用的么?只要分量适合,给他一嗅,就完事了。"

"我不能依你,因为我是医生。"

"病人自己愿意。"

"不相干。"

"我用病人的亲哥哥的名义给你写笔据,并且签字在上面!"致觉君郁悒久了的心情一不自禁,泪珠与哭声迸裂而出,鹊落地跪在医生面前,"医生,我求你,求你的仁慈,请你依我的话!该是犯罪,是杀人,都由我承当!"

"但是医生的宣誓是决不弄死一个还有一线生机的生命。"

"不管病人比死还难堪的痛苦么?"

"虽然痛苦,生机未尽的决不能绝灭他的生机。"

"这是人情么!"致觉君转为愤愤了。

"不问人情不人情,当医生就得如此。"医生还是那样冷静。

于是致觉君只得怀着自己害了弟弟似的歉意再去坐在宾若的榻前,直看他的生命一丝一丝地自己断绝。

宾若君受伤的消息才传出的时候,好些人就开始"逐鹿",希望继任校长;他们用了各色各样的方法,有巧捷的,也有拙劣的,这且不说。到他的死信传来,学校里立刻笼罩着一重惨雾,却是千真万确的事实。特地为他唱追念的歌,特地为他刻碑砌入教务室的墙壁,都是凭神灵如在的信念来作的。

开追悼会的一天,致觉君出席致感谢。还没有开口,出于天性的友爱的眼泪先已流满两颊,开口时是凄苦的声音,我忍不住,低下头来哭了。

各有各的伤心,可以达到同样的深度而各异其趣,所以说谁最伤心其实是不合的。但是据传闻的消息,宾若君的母亲太伤心了。她因宾若君死于火车,视火车如残暴的恶魔。可是住家贴近西城,每天城外来往的火车不知经过多少回,就得听不知多少回凄厉的汽笛。她听着,心就震荡了,仿佛还将夺去她的别的宝贝!有时惘然失神了,有时泫然掉泪了。忧伤痛苦笼罩她的一切,差不多没法继续她的生活。

关于招魂之类的方术经人推荐，就时时一试。这当然是迷信；但是只要想起母性的生死不渝的爱，你就不会有那种心存鄙弃的轻薄想头了。

其中一个术者声誉最高，也说得最动听。她说宾若君已在某某菩萨座旁为童子，光明而快乐；如果生者多多给他念些经卷，升天成佛是十分稳当的。

这是一条新的道路！她开始念经，凭着坚强的信念，以为果得升天成佛，也就差足安慰。直到现在，念经是她的日课——将永远是她的日课了。

然则念经完全替代了忧伤痛苦么？此殊未必，有一事可以证明。前年江浙战争，他们全家搬来上海，住在致觉君那里。每天下午没到四点半，她就倚着楼廊的栏杆，望致觉君归来。望到了，这才安心，知道放出去的宝贝重复回到掌中。致觉君偶或因事迟归，虽经先期禀明，她必对灯等候，直到看见儿子的笑容确已呈现于面前，然后去睡。使她致此的根源，不就是永远不能磨灭的忧伤痛苦么？

有时经过致觉君家，望见宾若夫人寂寞的侧影，或在灌花，或在闲立，心头就不禁暗淡了。抱着终生的悲哀，为恐伤翁姑的老怀，想来时时要自为敛抑吧；而为孩子的前途起见，想也不愿意多给他伤感的印象；于是只有闷闷地暗自咀嚼那悲哀的滋味，这比起哀号长叹，尽情倾吐来，其难堪岂止十倍。

119

看见济昌，我同样地黯然，虽然他是个苹果红的面颊乌亮亮的眼睛的可爱的孩子。宾若夫人对于济昌，听说是竭尽了所有的心力的，差不多自己生存的意义就是为着孩子。

济昌与善儿成为很好的朋友，我觉得安慰，父亲与父亲突然中断的缘分，让他们好好接下去，直到永远吧！有一次，善儿来说济昌小病新愈，在家寂寞，济昌的母亲的意思要他去陪着济昌玩儿。我听说，催善儿立刻去；能够使人慰悦的事总是我们应该做的，何况需要慰悦的是济昌母子俩！

现在，两个孩子暂时分别了。我愿他们永远是很好的朋友。这不单是济昌的母亲祖父母伯父等以及我的欢喜，也该是永生在我意念中的宾若君的极大安慰。

1926年11月7日作

从此不再听见他的声音

二十二日上午，去看丐翁。他朝里侧睡，连声呻吟。医生还没来，昨日医生说他心脏转弱，开了强心剂给他服下，又吩咐预备葡萄糖，将给他注射。

过了一小时光景，他作势要坐起来。龙文把他扶起，他摇摇晃晃的，似乎坐不稳。给他把枕头被袱垫在背后，他不要，只摇着折扇。坐了一会儿，又睡下了，出了一身汗。经过二十分钟，又想坐起来，大家劝阻他，免得又出汗，他不听。坐了起来仍然摇摇晃晃的，指着床的另一头，似乎要调头睡。给他移过枕头来，他又示意，不是那个意思。最后才知道他要横着睡，把枕头靠北墙安放，他就倒下了。

将近十一点，我要走了，朝他说明天再来。他望我一眼，勉力说出以下的话："胜利，到底啥人胜利——无从说起！"虽然舌头有些木强，声音还听得清楚。那凄苦的眼神带着他平生的悲悯，使我永不能忘。

我心里难过，没有回答他什么，我走了。从此不再听见他的声音。二十三日午后又去看他，他已经闭上眼睛，只剩抽气了。就在那天下午九时四十五分，他离开了我们的世界。

济之先生逝世

我与济之先生相识很久,可是会面的机会不多,会面也没有深谈,只觉得他是个纯朴的人,从面貌、体态,握一回手,说一句话上,全表现出他的纯朴。我有时想,这么一个纯朴的人当外交官是不是相宜?照通常的见解,外交官的外表总该圆通伶俐,骨子里却是城府很深的。济之先生似乎全不对。

去年冬间他往东北,听说他不怎么愿意去,他只望能够安定下来,翻译他所心爱的俄国文学。可是,不愿意去还是去了,翻译的笔只好仍旧搁起。为了生活,许多人放下了愿意干的能够干的事不干,却去干些不相干的事,这是人才的浪费,也是公众的损失。单凭这一点,社会制度就有彻底改革的必要了。但是在人人救死不遑求生不得的今天,哪里谈得到?

虽说济之先生不能专心做他愿意做的工作,二十几年间,他翻译的俄国文学也着实不少了。戈宝权先生曾经写过一篇文字刊载在《文汇报》,统计济之先生在这方面的成绩,关心的人可以取来参看。就我国的新文学说,特别与俄国文学有缘。俄国文学的精神是一贯的"为人生",大略区分起来,一方面反抗罪恶，一方面追求光明。我国新文学运动开头的时候，与政治运动社会运动相配合，在声气应求的情形之下，特别亲近俄国文学。二十几年来，就作者说，就作品说，固然并非纯然一致，可是隐隐有一条巨大的主流在那里，就是"为人生"。如果说这是承袭俄国文学的精神，当然不妥当，我国的文学为什么要承袭别国的文学精神呢？大概是我国的现实情况与当时的俄国相类似，故而表现在文学方面，与俄国文学同其趋向。俄国文学传衍到现在的苏联文学，精神还是不变，原来已经根深柢固了。我国的文学传衍下去，精神该也不会变吧，二十几年的根柢也不算浅了。可惜的是济之先生已经逝世，再不能翻译俄国文学跟苏联文学供我们观摩。我们只有期望精通俄国文学跟苏联文学的朋友，如曹靖华先生、戈宝权先生，比以往更加努力了。

说到死，确是一桩寂寞的事。在不相信宗教的人，那种寂寞之感是没法解除的，不过程度上有深浅而已。然而这只就活人想到死而言。在死者，脑子里的血管破裂了，生命就此完结，整个躯体将渐渐化为泥土，那是无所谓寂寞不寂寞的。至于悲哀伤感云云也全是活人的事。死者有什么悲哀伤感呢？他早已跳出了自然赋与人类的思想感情的范式了。人家在追悼词里往往说，"我们纪念谁某，应该怎样怎样"。这还是活人策励自己，与死者全不相干。言语当然好听，可是听得多了，不免嫌它公式化。那天我看报，突然看见济之先生的死讯，同时涌上心头的就只是那种寂寞之感。可是，在追悼会上，济之先生的令妹带着哭声致谢，到末了而至于说不成话，这时刻我突然感到心酸，衔着嘴唇低下头来了。

佩弦的死讯

本月十日接到北平航空信，清华大学的信封，署个"朱"字，笔迹不是佩弦的，我心中就有了预感。拆开来一看，果然不是佩弦的信，是他的儿子乔森写的。说他爸爸在六日早上四点钟突然胃部剧痛，十点钟在北大医院已经不能动弹。下午两点在医院开刀，经过情形还好，可是三四天间是危险期。又说与我合编的国文教本最近大概不能编了，请我原谅。我就发个电报给北平的一位朋友，请他代往医院探望，并将所见电告。十一日《大公报》有一条电讯，说开割历五小时之久，又有肾脏炎的毛病，情形很严重。十二日下午，北平的朋友来了回电，说是未脱危险。看《新民晚报》，登载着一条电讯也说严重。到今天早上，预料而又怕看的一条消息果然在报上刊出了，佩弦已于昨日上午十一时后去世。

佩弦的胃病是老病，我说不大准确，拖了十五年左右。他的病时发时止，最近七八年间发得较频繁，而且每发必凶。实在是十二指肠溃疡，这是早已知道了的。有人劝他开割，他也想去开割，但是听医生说不开割也可以，就拖下来了。近两月间又发了几次，曾经写信来说拟停止合编教本的工作。我劝他且从事休养，编书的事将来再说。后来他身体似见好转，很高兴的写信来说愿意继续合作。不料就在二十天之后他去世了，使我再没有与他合作的机会了。

他在昆明的几年太苦了。兼课，饮食不好，每天跑很远的路。暑假中回到成都算是舒服些。然而他责任心重，不肯请假，赶在开学以前就急急忙忙动身回校。回到北平以后也从未闲过，教课之余，写文字，编刊物，编《闻一多全集》，只有病发时候才躺下来。如果他能有好好的休养，如果他早几年开割，到今天也许还是健康精壮的人。事务跟经济限制了他，使他不能好好的休养，使他直到体力消耗将尽的时候才去开割，于是他只能享有五十一岁的生命。

佩弦是个好人，凡是认识他跟他有交谊的人都承认。他可不是"烂好人"，不是无可无不可，随俗依违的那一流。只要看他几年来对于一些看不顺眼的大事都站出来说话，就可以知道。他这样做，我确切的知道，不是讨好什么人，不存什么企图，只是行其心之所安。目前由于多所顾虑，有所见到而不愿宣露出来的人似乎很多，这就是不能行其心之所安，结果弄到经常的不安。经常的不安才有所谓"烦闷彷徨"，随时行其心之所安，又有什么"烦闷彷徨"呢？

他近年来很有顾影孤茕的心情，在几次来信中曾经提到。我想他未必如屈原所说的"恐修名之不立"（如果把"名"字作通常的"名誉"讲），却是恐怕自己的成绩太少，对于人群的贡献太不够的缘故。加上他的病，自己心中有数，就只盼望成绩多一点儿好一点儿，能够工作就尽量工作。他实践他的意愿，不停的工作，直到本月六日最后一次发病为止。

我想人生不可解而可解，不可究诘而可究诘。离开了人的观点，或从天文学的观点，或从生物学的观点，人生只是宇宙大化中的一粒微尘而已。但是取了人的观点，就有了个范围，定了个趋向。既讲人，不能不求其进步，不能不求其好——物质方面跟精神方面都好，而且必须大家好，不能单让一部分人好，其他的人不好。这就产生了为大众服务，努力将自己的成绩贡献于大众的想头。个人的名利有什么可以追求的呢？惟有实实在在的成绩足以贡献给大众，在大众的海洋里加增一点一滴的，才是生命的真意义，才算没有虚度短短的几十年的寿命。我虽然没有跟佩弦谈过这一套近乎玄虚的话，可是我确知他带着病辛辛苦苦的工作着，是含有这个意思的。我说的也许太浅薄，但是决不会牛头不对马嘴。

现在时髦的词儿中有一个叫"学习"。我想佩弦是时时在那里学习的，他对什么都虚心的问，都细心的研究，对方不论是谁，告诉他他都认认真真的听。举新诗研究为例。他是早期的新诗作者。新诗在二十几年间变得很多，大部分早期作者都掉头不顾了。独有佩弦，他一直留意新诗的发展，探询各方面的意见，揣摩各方面的意见，揣摩各种派别的作品，而且写了不少解析和介绍的文字。有一些一般人不认为诗的诗，他很平心的承认这也是诗,不过不是某些传统里所认为诗的诗。他肯定的说新诗有前途,那前途在乎现代人有了新的生活。

说起生活,他也是经常在学习的。本月五日出版的《中建》北平版有《知识分子今天的任务》的座谈记录,他老老实实的说:"现在我们过群众生活还过不来。这也不是理性上不愿意接受,理性上是知道该接受的,是习惯上变不过来。所以我对我的学生说,要教育我们得慢慢来。"这其间绝无虚矫之气,却表明他愿意接受学生的"教育",将习惯慢慢地变过来。向学生受教育,在权威主义的先生们看来是岂有此理的事。可是我确切相信,在生活实践方面,现代的青年实在比中年人老年人进步了不少(糊里糊涂的青年人当然不在此列)。中年人老年人要自己好,就得从青年人学习。

写实在写不出什么,平时的友情,今天的悲感,化为几句话都只是迹象而已,这有什么意义?编辑先生要我当天交稿,只能杂乱的写一些,不能表现出佩弦的若干分之一,很对不起他。

1948年8月13日作

第二辑

漫 与

现在同往昔一样,而且将来也还是一样,总有极大部分人从不挂在别人的心头,虽然他们确实出生在这世间。……可是更有一部分人,他们是值得让人知道的,而且是应当让人知道的,他们的事业是为自己也为大众;然而他们被淹没了,被毁灭了,淹没他们的是愚昧的浪潮,毁灭他们的是残暴的烈焰。这比偶尔被人遗忘惨酷得多。

过去随谈

一

在中学校毕业是辛亥那一年。并不曾作升学的想头；理由很简单，因为家里没有供我升学的钱。那时的中学毕业生当然也有"出路问题"；不过像现在的社会评论家杂志编辑者那时还不多，所以没有现在这样闹闹嚷嚷的。偶然的机缘，我就当了初等小学的教员，与二年级的小学生作伴。钻营请托的况味没有尝过；照通常说，这是幸运。在以后的朋友中间有这么一位，因在学校毕了业将与所谓社会面对面，路途太多，何去何从，引起了甚深的怅惘；有一回偶游园林，看见澄清如镜的池塘，忽然心酸起来，强烈地萌生着就此跳下去完事的欲望。这样伤感的青年心情我可没有，小学教员是值得当的，我何妨当当，从实际说，这又是幸运。

小学教员一连当了十年，换过两次学校，在后面的两所学校里，都当高等班的级任；但也兼过半年幼稚班的课——幼稚班者，还够不上初等一年级，而又不像幼稚园儿童那样地被训练的，是学校里一个马马虎虎的班次。职业的兴趣是越到后来越好；因为后来几年中听到一些外来的教育理论和方法，自家也零零星星悟到一点儿，就拿来施行，而同事又是几位熟朋友的缘故。当时对于一般不知振作的同业颇有点儿看不起，以为他们德性上有污点；倘若大家能去掉污点，教育界一定会大放光彩的。

民国十年暑假后开始教中学生。那被邀请的理由有点儿滑稽。我曾经写些短篇小说刊载在杂志上。人家以为能写小说就是善于作文，善于作文当然也能教国文，于是我仿佛是颇为适宜的国文教师了。这情形到现在仍然不变，写过一些小说之类的往往被聘为国文教师，两者之间的距离似乎还不曾有人切实注意过。至于我舍小学而就中学的缘故，那是不言而喻的。

直到今年，曾经在五所中学三所大学当教员，教的都是国文，这一半是兼职，正业是书局编辑，连续七年有余了。大学教员我是不敢当的；我知道自己怎样没有学问，我知道大学教员应该怎样教他的科目，两相比并，我的不敢是真情。人家却说了："现在的大学，名而已！你何必拘拘？"我想这固然不错；但是从"尽其在我"的意义着想，不能因大学不像大学，我就不妨去当不像大学教员的大学教员。所惜守志不严，牵于友情，竟尔破戒。今年在某大学教"历代文选"，劳动节的下一天，接到用红铅笔署名"L"的警告信，大意说我教的那些古旧文篇，徒然助长反动势力，于学者全无益处，请即自动辞职，免讨没趣云云。我看了颇愤愤：若说我没有学问，我承认；说我助长反动势力，我恨反动势力恐怕比这位L先生更真切些呢；倘若认为教古旧文篇就是助长反动势力的实证，不必问对于文篇的态度如何，那么他该叫学校当局变更课程，不该怪到我。后来知道这是学校波澜的一个弧痕，同系的教员都接到L先生的警告信，措辞比给我的信更严重，我才像看到丑角的丑脸那样笑了。从此辞去不教；愿以后谨守所志，"直到永远"。

自知就所有的一些常识以及好嬉肯动的少年心情，当个小学或初中的教员大概还适宜。这自然是不往根柢里想去的说法；如往根柢里想去，教育对于社会的真实意义（不是世俗认为的那些意义）是什么，与教育相关的基本科学内容是怎样，从事教育技术上的训练该有哪些项目，关于这些，我就与大多数教员一样，知道得太少了。

二

作小说的兴趣可以说因中学时代读华盛顿·欧文的《见闻录》引起的。那种诗味的描写，谐趣的风格，似乎不曾在读过的一些中国文学里接触过；因此我想，作文要如此才佳妙呢。开头作小说记得是民国三年；投寄给小说周刊《礼拜六》，登出来了，就继续作了好多篇。到后来，"礼拜六派"是文学界中一个卑污的名称，无异"海派""黑幕派"等等。我当时的小说多写平凡的人生故事，同后来相仿佛，浅薄诚然有之，如何恶劣却不见得，虽然用的工具是文言，还不免贪懒用一些成语典故。作了一年多就停笔了，直到民国九年才又动手。是颉刚君提示的，他说在北京的朋友将办一种杂志，写一篇小说付去吧。从此每年写成几篇，一直不曾间断，只有今年是例外，眼前是十月将尽了，还不曾写过一篇呢。

预先布局，成后修饰，这一类ABC里所诏示的项目，总算尽可能的力实做的。可是不行；写小说的基本要项在乎有一双透彻观世的眼睛，而我的眼睛够不上；所以人家问我哪一篇最惬心时，我简直不能回答。为要写小说而训练自己的眼睛固可不必，但眼睛的训练实在是生活的补剂，因此我愿意对这方面致力。如果致力而有进益，由进益而能写出些比较可观的文篇，自是我的欢喜。

为什么近来渐渐少写，到今年连一篇也没有写呢？有一个浅近的比喻，想来倒很确切的。一个人新买一具照相机，不离手的对光，扳机，卷干片，一会儿一打干片完了，就装进一打，重又对光，扳机，卷干片。那时候什么对象都是很好的摄影题材；小妹妹靠在窗沿憨笑，这有天真之趣，照它一张；老母亲捧着水烟袋抽吸，这有古朴之致，照它一张；出外游览，遇到高树、流水、农夫、牧童，颇浓的感兴立刻涌起，当然不肯放过，也就逐一照它一张，洗出来时果能成一张像样的照相与否似乎不关紧要，最热心的是"搭"的一扳；面前是一个对象，对着它"搭"的扳了，这就很满足了。但是，到后来却有相度了一番终于收起镜箱来的时候。爱惜干什么？也可以说是，然而不是。只因希求于照相的条件比以前多了，意味要深长，构图要适宜，明暗要美妙，还有其他，等等，相度下来如果不能应合这些条件，宁可收起镜箱了事；这时候，徒然一扳被视为无意义了。我从前多写只是热心于一扳，现在却到了动辄收起镜箱的境界，是自然的历程。

三

《中学生》主干曾嘱我说些自己修习的经历，如如何读书之类。我很惭愧，自计到今为止，没有像模像样读过书，只因机缘与嗜好，随时取一些书来看罢了。读书既没有系统，自家又并无分析和综合的识力，不能从书的方面多得到什么是显然的。外国文字呢？日文曾经读过葛祖兰氏的《自修读本》两册，但是像劣等学生一样，现在都还给老师了。至于英文，中学时代读得不算浅，读本是文学名著，文法读到纳司非尔的第四册呢；然而结果是半通不通，到今看电影字幕还不能完全明白。（我觉得读英文而结果如此的实在太多了。多少的精神和时间，终于不能完全看明白电影字幕！正在教英文读英文的可以反省一下了。）不去彻底修习，达到全通真通，当然是自家的不是；可是学校对于学生修习各项科目都应定一个毕业的最低限度，一味胡教而不问学生果否达到了最低限度，这不能不怪到学校了。外国文字这一工具既然不能使用，要接触些外国的东西只好看看译品，这就与专待喂养的婴孩同样可怜，人家不翻译，你就没法想。说到译品，等类颇多。有些是译者实力不充而硬欲翻译的，弄来满盘都错，使人怀疑外国人的思想话语为什么会这样奇怪不依规矩。有些据说为欲忠实，不肯稍事变更原文语法上的结构，就成为中国文字写的外国文。这类译品若请专读线装书的先生们去看，一定回答"字是个个识得的，但是不懂得这些字凑合在一起说些什么"。我总算能够硬看下去，而且大致有点儿懂，这不能不归功于读过两种读如未读的外国文。最近看到东华君译的《文学之社会学的批评》，清楚流畅，义无隐晦，以为译品像这个样子，庶几便于读者。声明一句，我不是说这本书就是翻译的模范作；我没有这样狂妄，会自认有评判译品高下的能力。

说起读书，十年来颇看到一些人，开口闭口总是读书，"我只想好好儿念一些书""某地方一个图书馆都没有，我简直过不下去""什么事都不管，只要有书读，我就满足了"，这一类话时时送到我的耳边；我起初肃然起敬，既而却未免生厌，那种为读书而读书的虚矫，那种认别的什么都不屑一做的傲慢，简直自封为人间的特殊阶级，同时给与旁人一种压迫，仿佛唯有他们是人间的智慧的笃爱者。读书只是至为平常的事而已，犹如吃饭睡觉，何必作为一种口号，惟恐不遑地到处宣传。况且所以要读书，从哲学以至于动植矿，就广义说，无非要改进人间的生活。光是"读"决非终极的目的。而那些"读书""读书"的先生们似乎以为光是"读"最了不起，生活云云不在范围以内；这也引起我的反感。我颇想标榜"读书非究竟义谛主义"——当然只是想想罢了，宣言之类并未写过。或者有懂得心理分析的人能够说明我之所以有这种反感，由于自家的头脑太俭了，对于书太疏阔了，因此引起了嫉妒，而怎样怎样的理由是非意识地文饰那嫉妒的丑脸的。如果被判定如此，我也不想辩解，总之我确然曾有这样的反感。至于那些将读书作口号的先生们是否真个读书，我不得而知；可是有一层，从其中若干人的现况上看，我的直觉的批评成为客观的真实了。他们果然相信自己是人间智慧的宝库，无所不知，无所不能，得便时抛开了为读书而读书的招牌，就不妨包办一切；他们俨然承认自己是人间的特殊阶级，虽在极微细的一谈笑之顷，总要表示外国人提出来的"高等华人"的态度。读书的口号，包办一切，"高等华人"，这其间仿佛有互相纠缠的关系似的。

四

我与妻结婚是由人家作媒的，结婚以前没有会过面，也不曾通过信。结婚以后两情颇投合，那时大家当教员，分散在两地，一来一往的信在半途中碰头，写信等信成为盘踞心窝的两件大事。到现在十四年了，依然很爱好。对方怎样的好是彼此都说不出的，只觉很合适，更合适的情形不能想象，如是而已。

这样打彩票式的结婚当然很危险的，我与妻能够爱好也只是偶然；迷信一点儿说，全凭西湖白云庵那位月下老人。但是我得到一种便宜，不曾为求偶而眠思梦想，神魂颠倒；不曾沉溺于恋爱里头，备尝甜酸苦辣各种滋味。图得这种便宜而去冒打彩票式的结婚的险，值得不值得固难断言；至少，青年期的许多心力和时间是挪移了过来，可以去对付别的事了。

现在一般人不愿冒打彩票式的结婚的险是显然的，先恋爱后结婚成为普遍的信念。我不菲薄这种信念，它的流行也有所谓"必然"。我只想说那些恋爱至上主义者，他们得意时谈心，写信，作诗，看电影，游名胜，失意时伤心，流泪，作诗（充满了惊叹号），说人间最不幸的只有他们，甚至想投黄浦江；像这样把整个生命交给恋爱，未免可议。这种恋爱只配资本家的公子"名门"的小姐去玩的。他们享用的是他们的父亲祖先剥削得来的钱，他们在社会上的地位在未入母腹时早就安排停当，他们看世界非常太平，没有一点儿问题；闲暇到这样地步却也有点儿难受，他们于是就恋爱这个题目，弄出一些悲欢哀乐来，总算在他们空白的生活录上写下了几行。如果不是闲暇到这样的青年男女也想学步，那惟有障碍自己的进路，减损自己的力量而已。

人类不灭，恋爱也永存。但是恋爱各色各样。像公子小姐们玩的恋爱，让它"没落"吧！

1930年10月29日

一件烂棉袄

家传的一件烂棉袄,破到几乎不像棉袄了,棉絮露出来了,沾了灰尘垢污,同蓝布面子一样转成油光光的黑。

冷呀冷!风穿过棉袄的罅隙,刺着肩膀,刺着腋下,刺着背心,也刺着前胸。受不住呀,受不住呀,于是勉勉强强去买一件新的,这自然是为的要活。

古语云,衣食足而后知礼义,现在脱一句调(仅仅脱调),新袄来而后摆架子。不行,不行,没有一件旧棉袄,没有一件烂棉袄,不就证明向来没有穿过棉袄么?没有穿过棉袄,当然也没有穿过短衫,也没有穿过长袍,这不就是裸体么?裸体是野蛮,比亡国奴更可耻;亡国奴犹可,一向是裸体,其辱不可堪。——这样想的时候,就庄重地把那件烂棉袄捡起来。

那件烂棉袄有历史呢。二十四世祖穿了它去吃邻村的喜酒,曾邀一位戴红花的大姑娘瞟过一眼;十八世祖请他的仇人吃清脆的巴掌,博得旁人一阵喝彩的时候,也正穿着它;除此以外,列代祖宗逢到婚丧喜庆总穿着它。仿佛觉得身躯扩大了,高举了,尽扩大,尽高举,巍巍乎,巍巍乎,俯视"你们",俯视"他们",何藐小乃尔!何低微乃尔!华胄是我,大国民是我,什么什么全是我,总之,好的都在我这里——于是重行披上那件烂棉袄;心情与先前不同了,似乎一点儿没有风,似乎穿着锦绣那样光辉。

一切的棉袄简直不在眼里,无论是新裁原旧,无论是杭纺湖绉,我有我的烂棉袄,尽够安身立命的了。作诗曰:

> 我不想歌唱杭纺的柔软,
> 我不想歌唱丝棉的轻暖,
> 我不上衣庄也不找裁缝,
> 你穿得漂亮我也不爱看;
>
> 我有祖宗传下来的蓝布袄,
> 它的历史那么长那么荣耀,
> 你有么?你有么?
> 拖一片,挂一块,胜过皇帝的龙袍。

风自然照旧穿过棉袄的罅隙,刺着身体的露出的部分。但是关什么紧要呢?耽了禅悦似的,早已"似乎一点儿没有风"了。而要活的事,在禅悦里本来是不成问题的,自可不提。

莫遗忘

被遗忘的人比没有被遗忘的人多不知多少倍。我们翻开过去的记载,就看见一个个姓名,看见由这些姓名代表的一个个本体所做的事,于是兴起钦仰、怀念、憎恨、鄙薄等等感情。这些虽然颇不相同,而自以为所知不少,足以自慰,却是必然会有的意念。但是,这就真个"所知不少"了么?试一细思,就知道未必。在通行使用姓名以前,曾经有过多少可以由姓名代表的本体,在通行使用姓名以后,曾经有多少本体连同姓名一齐泯灭了,这是谁也不能确切地回答的。确切地回答诚然不能,但是谁也能想到这一定是个非常大非常大的数目吧。这非常大非常大的数目,有他们的灵魂,有他们的力量,在人类生存的历程中,他们尽了承前启后的责任;或许有一部分还不止于此,他们的努力使人类少走若干弯路,他们的恩泽将遗传到无穷尽的将来。这未必比我们能够记住的那些姓名不重要吧?然而我们遗忘了,遗忘得干干净净,好像从来不曾有过他们似的。我们还能自夸"所知不少"么?

对于往昔不必多论,我们且来说现在。在报章和文件里常常出现的那些姓名和事迹,排印时须用大号字,谈论时须提高嗓音,当然是所谓"要人"和"大事"了。一个人假若不明白这些,那就只有抿紧嘴唇站在墙角里的份儿,因为他"不知世务"。反过来,能够源源本本,如数家珍的,那就是个"通达世务"的通人。这似乎非常公平,通人与非通人均由自取,正如赛跑者的成绩等第,全凭各自的足力。但是我们有时候不免有点儿怀疑。某人的寿宴有某某等伶人的堂会,某人在西湖上吃醋溜鱼大加称赏,也就是腾于口说,遍载报章的材料。从谈说和登载上看,这些当然是"要人"和"大事"无疑了。然而把通晓这些人和事的人称为"通人",我们却觉得殊难感服。为什么?因为他通晓得太无聊,而不通晓的又太多了。

现在同往昔一样,而且将来也还是一样,总有极大部分人从不挂在别人的心头,虽然他们确实出生在这世间。这在别人方面自然觉得歉然,而在不挂在别人心头的人本身却没有什么,苟无名心,尽不妨独往独来。可是更有一部分人,他们是值得让人知道的,而且是应当让人知道的,他们的事业是为自己也为大众;然而他们被淹没了,被毁灭了,淹没他们的是愚昧的浪潮,毁灭他们的是残暴的烈焰。这比偶尔被人遗忘惨酷得多。同样生而为人,竟至于受到不容向人们透露一点真消息的严惩,不能不说是人间最深刻的悲哀!这种悲哀,我们想,凡是勉为"通人"的定必深致同情,而且极愿意知道经过的一切,不惮从水底里去检查遗痕,从灰烬里去剔寻残屑。本来,单只通晓人世的浮面而不能通晓它的阴暗幽秘的部分,是不配称作"通人"的啊。

我们要知道,这世间有些人,为着自己也为着大众的利益而奋斗,所得的报酬却是毒骂和罪名和死。

我们要知道,这世间有些人,并没有犯罪而以罪名死,死了之后,亲旧友朋都不很方便公然说死者是无罪的。

我们要知道,这世间有些人,所干的事业不便于别一类人,忽然失踪了,他们的形体就此消灭于天地之间——大概死了吧,死也不得公然地死!

我们要知道,这世间有些人,为着自身吃着痛苦,正当抗护,便受罪罚,这罪罚又是秘密的,不容谈及,在报纸的角落里都找不到这类消息,因为一谈及就是煽动之罪。

我们要知道,这世间有不为战争而给排枪打出来的血,凝结在大都市宽广的大路上。

我们要知道,这世间有自己也不知为了什么,却永久被拘因在牢狱里的人物。

以上说及的这些人,都是被一般人遗忘了或者改装了的。现在我们要知道他们,遗忘当然不至于了,同时也就剥掉了他们被改装的外衣,认识他们本来的真相。这样,似乎可以堂而皇之作"通人"了。其实通不通没有多大关系,得到很多实益却是真的。这些人的人格,这些人的事迹,给与我们的感动是没有限量的。从此,我们可以确定我们的识力,知道应当怎样做人，怎样处世。从此，我们可以调整我们的感情，知道应当怎样去爱，怎样去恨。

莫遗忘，莫遗忘了被圈禁在人世阴暗幽秘的部分的人们！

愤 愤

什么都不满意,什么都看不入眼,当然来了愤愤。

愤愤是一条毒蛇,它缠绕你的心,像蔓枝绕树。如果舍不得使用你的力量,那么,徒有愤愤而已,终于愤愤而已。

投入那不满意的看不入眼的事物中间去,勇往直前,像一个冲锋的战士,才能够抓住毒蛇,把它消灭。

用热情与真诚面对生活的人,得到的报酬是充实的生活,犹如打足了气的皮球。丰富的,是他,伟大的,是他。

读 书

听说读书，就引起反感。何以至此，却也有故。文人学士之流，心营他务，日不暇给，偏要搭起架子，感喟地说："忙乱到这个地步，连读书的工夫都没有了。"或者表示得恬退些，只说最低限度的愿望："别的都不想，只巴望能安安逸逸读点儿书。"这显见得他是天生的读书种子，做点儿其实不相干的事就似乎冤了他，若说利用厚生的笨重工作，那是在娘胎里就没有梦见过，这般荒唐的骄傲意态，只有回答他一个不理睬了事。衣锦的人必须昼行，为的是有人艳羡，有人称赞，衬托出他衣锦的了不起。现在回答他一个不理睬，无非让他衣锦夜行的意思。有朝一日，他真个有了读书的工夫了，能安安逸逸读点儿书了，或者像陶渊明那样"不求甚解"，或者把一句古书疏解了三四万言，那也只是他个人的事，与别人毫不相干。

还有政客、学者、教育家等人的"读书救国"之说。有的说得很巧妙，用"不忘""即是"等字眼的绳子，把"读书"和"救国"穿起来，使它颠来倒去都成一句话。若问读什么书，他们却从来不曾开过书目。因此人家也无从知道究竟是半部《论语》，还是一卷《太公兵法》，还是最新的航空术。虽然这么说，他们欲开而未开的书目也容易猜。他们要的是干练的帮手，自然会开足以养成这等帮手的书；他们要的是驯良的顺民，自然会开足以训练这等顺民的书。至于救国，他们虽然毫不愧怍地说"已有整个计划""不乏具体方案"，实际却最是荒疏。救国这一目标也许真能从读书的道路达到，世间也许真有足以救国的书，然而他们未必能，能也未必肯举出那些书名来。于是，不预备做帮手和顺民的人听了照例的"读书救国"之说，安得不"只当秋风过耳边"？

还有小孩进学校，普通都称为读书。父母说："你今年六岁了，送你到学校里去读书吧。"教师说："你们到学校里来，要好好儿读书。"嘴里说着读书，实际做的也只是读书。国语科本来还有训练思想和语言的目标，但究竟是工具科目，现在光是捧着一本书来读，姑且不说它。而自然科、社会科的功课也只是捧着一本书来读，这算什么呢？一只猫，一个苍蝇，一处古迹，一所公安局，都是实际的东西，可以直接接触的。为什么不让小孩直接接触，却把这些东西写在书上，使他们只接触一些文字呢？这样地利用文字，文字就成为闭塞智慧的阻障。然而颇有一些教师在那里说："如果不用书，这些科目怎么能教呢？"而切望子女的父母也说："进学校就为读这几本书！"他们完全忘了文字只是一种工具，竟承认读书是最后的目的了。真要大声呼喊"救救孩子"！

读书当然是甚胜的事，但是必须把上面说起的那几种读书除外。

读书的态度

最近各地举行读书运动,从报纸杂志上可以看到许多讨论读书指导读书的文章。

"九一八"事件发生以后,全国青年非常激动,大家想拿出自己的一份力量来对付国家的厄运;可是有些学者却告诉他们一句话,叫做"读书救国"。读书两个字就此为青年所唾弃。青年看穿了学者的心肠,知道这无非变戏法的人转移观众注意力的把戏,怎能不厌听"读书呀读书"那种丑角似的口吻?要是说青年就此不爱读书,这却未必。

读书有三种态度:一种是绝对信从的态度,凡是书上说的话就是天经地义。一种是批判的态度,用现实生活来检验,凡是对现实生活有益处的,取它,否则就不取。又一种是随随便便的态度,从书上学到些什么,用来装点自己,以便同人家谈闲天的时候可以应付,不致受人家讥笑,认为一窍不通。

顽固的人对于经书以及笼统的所谓古书,是抱第一种态度的。他们或许是故意或许是无心,自己抱了这种态度,还要诱导青年也抱这种态度。青年如果听从了他们,就把自己葬送在书里了。玩世的人认为无论什么事都只是逢场作戏,读书当然不是例外，所以抱的是第三种态度。世间惟有闲散消沉到无可奈何的人才会玩世；青年要在人生的大道上迈步前进，距离闲散消沉十万八千里，自然不会抱这种态度。青年应当抱而且必须抱的是第二种态度。要知道处理现实生活是目的，读书只是达到这个目的的许多手段之一。不要盲从"开卷有益"的成语，也不要相信"为读书而读书"的迂谈。要使书为你自己用，不要让你自己去做书的奴隶。这点意见虽然浅薄，对于被围在闹嚷嚷的读书声中的青年却是有用的。

假如我有一个弟弟

　　假如我有一个弟弟，他在中学毕业了，我想对他说以下这些话。客观地立论的习惯还没有养成，因而所说的只是些简简单单的直觉。

　　中学生是中国社会里少数的选手。不去查统计，当然不能说出确切的总数；但是只要想到数十年来唱惯了的"四万万同胞"，同时把中学生的总数来比较，大概会有"沧海一粟"之感了。

　　这些选手的入选条件是付得出一切费用，暂时还不需要或者永远不需要靠自己的劳力生活。

　　他们为了什么目的而入学呢？普通的名目是"受教育""求学问"。骨子里是要向生活的高塔的上层爬；知识和学问是生活的高塔，地位和报酬也是生活的高塔。我说向上层爬，并不含有讥刺的意思。

　　爬到某一层（这就是说中学毕了业），停了脚步想一想，是再往上爬呢还是不？再爬该怎样爬？不爬又怎样？这就来了许多踌躇。

　　从"沧海"方面说，"一粟"是包括在内的，有问题也只是"沧海"问题的一个子目。但是从"一粟"本身说,却有种种问题可以商论。

所谓再爬不爬等等问题,总括地说就是出路问题;有人说,说"进路"比较恰当,再换一句,就是"往哪里走"。

往哪里走呢?

升学是一条路。任事是一条路。无力升学又没法任事也是一条无路之路。各人的凭借不同,所趋的路当然分歧了。

弟弟,如果你的凭借好,我赞成你升学。你爱好学问,你希望深造,你不仅为学问而学问,还想在人类的生活和文化上添上这么几笔,把它们润色得更充实更完美;我哪有不赞成之理?

如果你不为着这些,却要升学,我可不赞成。你想给自己镀上一层金么?这是一种欺诳的心理。心存欺诳,做出事来必然损害他人,这怎么行!

我曾走进大学,看见选手们颇有在那里给自己镀金的;亲爱的弟弟,我不愿你这样。

你若真个爱好学问,有一层又必须知道,就是现在的社会并不适宜于做学问。这意思说起的人很多,着眼点不一,总之都能抓住真相的一角。

我要你知道这一层,不是叫你就此灰心,袖起手来叹"非其时也"!或者说"社会负我"!

我希望你从爱好学问的热诚里发出一股力量,把社会改得适宜于你一点儿。这当然不是一个人的事，不过你与他人各自尽了一份力量时，就更有把握。

凡具有爱好某一事项的热诚的人都应该这样，才不至于徒存虚愿。否则，志在兼利天下的发明家发明了什么事物，结果只供少数人去享用；两心相印的恋爱者不顾一切，誓欲合并，终于给排斥纯爱的世网绊住了。

你如其想走任事的那条路，我也赞成。成语说"不得已而思其次"；任事并非升学的"其次"，你不必想起那成语。任事也是做学问；做学问的目的无非要成就些事物。

任哪种事呢？列举很难，还是概括说吧。

譬如讲授死书的教师，我不赞成你去当。一代一代的教师讲授下来轮到你，你又传下去，一代一代，以至无穷；一串的人就只保守了几本书，自身并没有成就些什么，生产些什么；你若反省时，一定会感觉无谓的。——这是一例，其他可类推。

譬如电报局邮政局的职员之类，都是社会这一具大机械的齿轮，你若愿意当，不感到什么不满，我也赞成你去当。——这又是一例，其他可类推。

我想劝你去干的，是成就些什么生产些什么的事，尤其是劳力的事。

无论如何天花乱坠的文明文化，维持生活的基本要件总是劳力的结果。大家需要享用，大家就该劳力；这是简单不过可是颠扑不破的道理。

"我们研究学问,我们担任要务,劳了心了;劳力的事你们去干吧。"这种分工说是狡狯自私的"治人者"的欺人话。各种劳力的事之间,那当然要分工。

论理,研究天文学的也该织一匹布,担任什么委员的也该种一块地,因为他们维持生活的基本要件与一般人一样。何况不研究天文学不担任什么委员的你,要想任事,自应拣那些能够成就些什么生产些什么的了。

即就织布种地而论:手工业的织布在现代文明中将被淘汰净尽了,要织布就得进工厂去当职工,而职工是困苦的;种地的事也很困苦;形容起来就是"无异牛马"。这些我都知道。

然而这些事总得由人去做。你若说,似乎犯不着吧,这句话我不爱听;因为你是一个不比所有的人卑微也不比所有的人高贵的人。

那么关于困苦这一层呢?你一定要问了。亲爱的弟弟,我决不至于这样糊涂,竟会叫你低首下心忍受一辈子,像那驮石碑的赑屃一样。而且你身历其境之后,自然会不甘忍受一辈子;那时你必将有所见,根据这所见来改革来变更,是你的权利。改革变更一件事的权利最正当是归到担任这件事的人的手里。

末了,如果你无可奈何只好走上"无路之路",我当然无所用其不赞成,因为你碰着的是事实的壁。

那时你一定要愤愤。愤愤是应该的，否则真成弱虫了。

但是你为什么愤愤，却须问个明白。

如其说，你有中学毕业的资格而竟无路可走，所以愤愤，这就不怎么妥当。中学毕业岂是你特别优异于人的条件；你只因有所凭借罢了。你的口气却似乎说，别人不妨无路可走，唯有你不该无路可走。为什么唯有你不该无路可走呢？——具有商业经验的父兄送子弟入学校，本来就看作一宗买卖；花了本，非但得不到利，结果连本都蚀掉，于是愤愤，自属常情。但是我不希望你运用这种商业经验。

如其说，你是一个要任事的人，而竟无路可走，所以愤愤；这就比较妥当。你这样想，就会和入那无路可走的大群里去，不复自觉有什么特别优异于人的条件；而且你的问题也就是大群的一般问题了。

这个问题于你是很好的功课。你若能精细地剖析，扼要地解释，社会病态的诊断就将了然于你的胸中；同时你必能给它开个对症的药方，为大群也为你自己。

亲爱的弟弟，我的话很幼稚，又很不具体，我自己知道。我的实力只有这一点儿，我不能说出超乎实力的话。如果这些话于你有一毫用处，自是我的欣喜。

中年人

接到才见了一面的一位青年的信,中间有"这回认识了你这个中年人"的话。原来是中年人了,至少在写信给我的青年的眼光里已经是了。

平时偶然遇见旧友,不免说一些根据直觉的话:从前在学校里年龄最小,体操时候总作"排尾",现在在常相过从的朋辈中间,以年龄论虽不至于作"排头",然而前十名是居之不疑的了。或者说:同辈的喜酒仿佛早已吃完了,除了那好像缺少了什么的"续弦"的筵席。及至被问到儿女有几,他们多大了,当不得不据实回答:大的在中学,身子比我高出半个头,小的几岁了,已经进了小学。

听了这些话,对方照例说:"时光真快呀。才一眨眼,就有如许不同。我们哪得不老呢!"这是不知多少世代说熟了的烂调。犹如春游的人一开口就是"桃红柳绿,水秀山明"似的,在谈到年龄呀儿女呀的场合里,这烂调自然而然脱口而出;同时浮起一种淡淡的伤感心情,自己就玩味这种伤感心情,取得片刻的满足。我觉得这是中年人的乏味处。听这么说,我只好默然不语或者另外引起一个端绪,以便谈下去。

中年的文人往往会"悔其少作"。仿佛觉得目前这样的功力才到了家，够了格；以今视昔，不知当时的头脑何以那样荒唐，当时的手腕何以那样粗疏。于是对着"少作"颜面就红起来，一直蔓延到颈根。非文人的中年人也一样。人家偶尔提起他的少年情事，如抱不平一拳把人打倒在地，与某女郎热恋至于相约同逃之类，他就现出一副尴尬的神态说："不用提了，那时候真是胡闹！"你若再不知趣，他就要怨你有意与他为难了。

大概人到中年，就意识地或非意识地抱着"言为士则，行为世范"的大志。发些议论，写些文字，总得含有教训意味。人家受不受教训当然是另一问题；可是不教训似乎不过瘾，那就只有搭起架子来说话作文了。虽是寻常的一举一动，也要在举动之先反省说："这是不是可以给后辈示范的？"于是步履从容安详了，态度中正和平了，喜怒哀乐发而皆中节，差不多可以入圣庙的样子。但是，一个堪为"士则""世范"的中年人的完成，就是一个天真活泼爽直矫健的青年人的毁灭。一般中年人"悔其少作"，说"那时候真是胡闹"，仿佛当初曾经做过青年人是他们的绝大不幸；其实，所有的中年人如果都这样悔恨起来，那才是人间的绝大不幸呢。

在电影院里，可以看到中年人的另一方面。臂弯里抱着孩子，后面跟着女人，或者加上一两个大点儿的孩子，昂起了头找座位。牵住了人家的衣襟，踩着了人家的鞋，都不管得，都像没有这回事。找到座位了，满足地坐下来，犹如占领了一个王国。明明是在稠人广座之中，而那王国的无形的墙壁障蔽得十分严密，使他如入无人之境。所有视听之娱仿佛完全属于他那王国的；几乎忘了同时还有别人存在。这情形与青年情侣所表现的不同。青年情侣在唧唧哝哝之外，还要看看四周围，显示他们在广众中享受这份乐趣的欢喜和骄傲。中年人却同作茧而自居其中的蚕蛹一样，不论什么时候只看见他自己的茧子。

已经是中年人了，只希望不要走上那些中年人的路。

做了父亲

假若至今还没有儿女,是不是要与有些人一样,感到是人生的缺憾,心头总有这么一个失望牵萦着呢?

我与妻都说不至于吧。一些人没有儿女感到缺憾,因为他们认为儿女是他们份所应得的,应得而不得,当然要失望。也许有人说没有儿女就是没有给社会尽力,对于种族的绵延没有尽责任,那是颇为冠冕堂皇的话,是随后找来给自己解释的理由,查问到根柢,还是个得不到应得的不满足之感而已。我们以为人生的权利固有多端,而儿女似乎不在多端之内,所以说不至于。

但是儿女早已出生了,这个设想无从证实。在有了儿女的今日,设想没有儿女,自然觉得可以不感缺憾;倘若今日真个还没有儿女,也许会感到非常寂寞,非常惆怅吧。这是说不定的。

教育是专家的事业,这句话近来几乎成了口号,但是这意义仿佛向来被承认的。然而一为父母就得兼充专家也是事实。非专家的专家担起教育的责任来,大概走两条路:一是尽许多不必要的心，结果是"非徒无益，而又害之"；一是给了个"无所有"，本应在儿女的生活中给充实些什么，可是并没有把该给充实的付与儿女。

自家反省，非意识地走的是后一条路。虽然也像一般父亲一样，被一家人用作镇压孩子的偶像，在没法对付时，就"爹爹，你看某某！"这样喊出来，有时被引动了感情，骂一顿甚至打一顿的事也有；但是收场往往像两个孩子争闹似的，说着"你不那样，我也就不这样"的话，其意若曰"彼此再别说这些，重复和好了"吧。这中间积极的教训之类是没有的。

不自命为"名父"的，大多走与我同样的路。

自家就没有什么把握，一切都在学习试验之中，怎么能给后一代人预先把立身处世的道理规定好了教给他们呢？

学校，我想也不是与儿女有什么了不起的关系的。学习一些符号，懂得一些常识，结交若干朋友，度过若干岁月，如是而已。

以前曾经担过忧虑，因为自家是小学教员出身，知道小学的情形比较清楚，以为像个模样的小学太少了，儿女达到入学年龄的时候将无处可送。现在儿女三个都进了学校，学校也不见特别好，但是我毫不存勉强迁就的意思。

一定要有理想的小学才把儿女送去，这无异看儿女作特别珍贵特别柔弱的花草，所以要保藏在装着暖气管的玻璃花房里。特别珍贵么,除了有些国家的华胄贵族,谁也不肯对儿女作这样的夸大口吻。特别柔弱么,那又是心所不甘,要抵挡得风雨,经历得霜雪,这才可喜。——我现在作这样想,自笑以前的忧虑殊属无谓。

何况世间为生活所限制,连小学都不得进的多得很,他们一样要挺直身躯立定脚跟做人。学校好坏于人究竟有何等程度的关系呢?——这样想时,以前的忧虑尤见得我的浅陋了。

我这方面既然给了个"无所有",学校方面又没有什么了不起的关系,这就拦到了角落里,儿女的生长只有在环境的限制之内,凭他们自己的心思能力去应付一切。这里所谓环境,包括他们所有遭值的事和人物,一饮一啄,一猫一狗,父母教师,街市田野,都在里头。

做父亲的真欲帮助儿女仅有一途,就是诱导他们,让他们锻炼这种心思能力。若去请教专门的教育者,当然,他将说出许多微妙的理论,但是要义大致也不外乎此。

可是,怎样诱导呢?我就茫然了。虽然知道应该往哪一方向走,但是没有往前走的实力,只得站在这里,搓着空空的一双手,与不曾知道方向的并无两样。我很明白,对儿女最抱歉的就是这一点,将来送不送他们进大学倒没有多大关系。因为适宜的诱导是在他们生命的机械里加添燃料,而送进大学仅是给他们文凭、地位,以便剥削他人而已。(有人说起振兴大学教育可以救国，不知如何，我总不甚相信，却往往想到这样不体面的结论上去。）

他们应付环境不得其当甚至应付不了的时候，一定会怅然自失，心里想，如果父亲早给点儿帮助，或者不至于这样无所措吧。这种归咎，我不想躲避，也没法躲避。

对于儿女也有我的希望。
一句话而已，希望他们胜似我。
所谓人间所谓社会虽然很广漠，总直觉地希望它有进步。而人是构成人间社会的，如果后代无异前代，那就是站在老地方没有前进，徒然送去了一代的时光，已属不妙。或者更甚一点，竟然"一代不如一代"，试问人间社会经得起几回这样的七折八扣呢！凭这么想，我希望儿女必须胜似我。

爬上西湖葛岭那样的山就会气喘，提十斤左右重的东西走一两里路胳膊就会酸好几天，我这种身体是完全不行的。我希望他们有强壮的身体。

人家问一句话一时会答不上来，事务当前会十分茫然，不知怎样处置或判断，我这种心灵是完全不行的。我希望他们有明澈的心灵。

说到职业，现在干的是笔墨的事，要说那干系之大，当然可以戴上文化或教育的高帽子，于是仿佛觉得并非无聊。但是能够像工人农人一样，拿出一件供人家切实应用的东西来么？

没有！自家却使用了人家生产的切实应用的东西，岂非也成了可羞的剥削阶级？文化或教育的高帽子只能掩饰丑脸，聊自解嘲而已，别无意义。这样想时，更菲薄自己，达于极点。我希望他们与我不一样：至少要能够站在人前宣告道："凭我们的劳力，产生了切实应用的东西，这里就是！"其时手里拿的是布匹米麦之类；即使他们中间有一个成为玄学家，也希望他同时铸成一些齿轮或螺丝钉。

1930年11月作

答复朋友们

　　五十岁,一个并不算大的年纪。就是大到七十八十,又有什么意思?七十八十的老人,男的女的,哪儿都可以见到。若说"知非"啊,"知天命"啊,能够办到,当然不错;可惜蘧伯玉跟孔子的那种人生境界,我一丝儿也没有达到。生日到了,跟四十九四十八那时候一样,依从旧例,买几斤切面,煮了全家吃,此外就不想什么。有几位朋友说我乡居避寿,其实不确切;我本来乡居,因为乡间房价比较低,又省得"跑警报";至于寿不寿,的确没有想起。

　　承蒙朋友们的好意,把我作为题目,写了些文字,我倒清楚的意识起五十岁来了。大概不会活一百年吧,如今五十岁,道路已经走了大半截。走过的是走过了,"已然"的没法叫它"不然";倒是余下的小半截路,得打算好好的走。

　　朋友们的文字里,都说起我的文字跟为人;这两点,我自己知道得清楚,都平庸。为人是根基,平庸的人当然写不出不平庸的文字。我说我为人平庸,并不是指我缺少种种常识,不能成为专家;也不是指我没有干什么事业,不当教员就当编辑员;却是指我在我所遭遇的生活之内,没有深入它的底里,只在浮面的部分立脚。这样的平庸,好比一个皮球泄了气,瘪瘪的；假如人生该像个滚圆的皮球的话，这平庸自然要不得。

像个滚圆的皮球的人生，其人必然是诗人，广义的诗人。写不写诗没关系，生活本身就是诗。如果写，其诗必然是好诗，即使不用诗的形式也还是好诗。屈原、陶潜、杜甫、苏轼、托尔斯泰、易卜生，他们假如没有什么作品，照样是诗人，说他们的作品可爱，诚然不错，但是，假如说他们那诗人的本质可爱，尤其推究到根柢。

为要写些什么，故意往生活里钻，这是本末倒置的办法，我知道没有道理。可是，一个人本当深入生活的底里，懂得好恶，辨得是非，坚持有所为有所不为，实践如何尽职如何尽伦，不然就是白活一场；对于这一层，我现在似乎认识得更明白，愿意在往后的小半截路上加紧补习，补习有没有成效，看我的努力如何。如有成效，该可以再写些，或者说，该可以开头写。不过写不写没有大关系，重要的是加紧补习。

朋友厚爱我，宽容我，使我感激；又夸张的奖许我，使我羞愧，虽然羞愧，想到这无非要我好，还是感激。最近在报上看见沈尹默先生的诗，有一句道，"久客人情真足惜"，吟诵了好几遍。沈先生说的"久客"是久客川中，我把他解作人生在世，像我这么一个平庸的人，居然也能得到朋友们的厚爱，宽容跟奖许，"人情真足惜"啊！在这样温暖的人情中，我更没有理由不打算加紧补习。

这不是寻常致谢的话，想朋友们一定能够鉴谅。

第三辑

激　谈

动物从蛰伏到飞翔，奔驰，跳跃，由于季节的改换。青年人在寂静了一阵子之后，旧的季节过去了，新的季节到来了，也就会冲破那寂静，起来飞翔，奔驰，跳跃。如今，寂静达到了它的最高限度，可以说旧的季节即将过去，时势等待着青年人起来飞翔，奔驰，跳跃，可以说新的季节即将到来。

"万方多难欲何之"

我不知道这句句子有没有来历，曾不曾见于某翁某先生的诗集子里，我只从某甲某乙等等的谈论里叹息里，面目上神态上，听了又听，相了又相，总觉得是这么一句："万方多难欲何之。"

前天从苏州回来，同车的一位肥硕的中年朋友带笑说："安逸，安逸的日子远得很呢，什么地方都不得安逸。"他不巴望甲子换了乙丑，国运家运身运说不定都会转好；他知道像这样攘攘下去，决不会闪出个俊俏可爱叫做"安逸"的面目来。这是他"漂亮"的地方。他自己也觉得这有点儿"漂亮"，所以带着笑容说出来。但是我紧接着想，又是一句"万方多难欲何之"。

这一句诚然不错。现在"没饭吃""生活难"的呼喊已经到处可以听见，姑且除开不说。就是好好地坐在家里，也会有人来敲门，开进来，为首的却是一支手枪。另一种情形是突然风声紧急，就将有子弹来找你，炮弹来会你，兵大爷来访你，使你不得不扶老携幼，尝一下颠沛流离的滋味。再则如孩子在妈妈的怀里，在后间门外的小天井里晒日黄，可说是极其安逸无虑了,谁知打门的闯进来一抱而去,顿时成为可怜无知的"肉票"。"逝将去汝,适彼乐土,乐土乐土,爰得我所。"古代诗人说得多骄傲,现代人只能望而生羡,羡而生妒。离开了这里,所谓"彼乐土"也者在哪里呢?江之南这样,江之北也是这样,山之东这样,山之西也是这样,能闹什么"去"和"适"的把戏呢!想得宽些,索性到外国去吧!但是也不行,有的国家订了很严的移民法,有的国家正在闹经济恐慌,而兵衅之一触即发,盗机之无所不伏,又和本土不相上下,这哪里好算"乐土",又哪里可以放心托胆,冒冒失失就"适"呢?总括一句,"万方多难欲何之",这是直抒胸臆万分真诚的大感慨。

且不管禹究竟是天神性还是凡人性(这个问题让辩论古史的如顾颉刚先生之辈去讨论),现在只当是有这么一个人的。当时禹爬到东边的树顶上望,只见洪水茫茫,爬到西边的山头上望,也只见洪水茫茫,爬到南,爬到北,无不如此。试想,这当儿他有没有搔搔头,唉声叹气说:"万方多难欲何之?"这是个奇怪的问题,但是其中藏着我们近几千年一段历史的大关键。假如禹是这么叹过的,他一定老站在原来站的地方,一动也不动,专等浪头来抱他,大鱼来吞他;要不然,他为了适应洪水的环境,两臂渐渐化为胸鳍,两腿渐渐化为尾鳍,身上生出鳞片来……于是他的子孙的氏族名要到字典的鱼部里去查了。现在中国虽然常常有河水泛滥波及几十个县份的新闻,但是比起禹那时候的洪水来，就算不得什么了。其次，中国并没有类乎鱼的人，虽然袁世凯洗澡的时候身上有鳞片掉下来，但是据说是他预先把鱼鳞放在浴盆里的，而这一件轶事又是编撰《袁世凯全传》一类书的人杜造出来的。据此两点，可以断定禹虽然在四顾只见洪水茫茫的时候，决不曾叹过"万方多难欲何之"。他不叹，他不去想"何之"的问题，他觉得这个多难的本土可以变成不多难的乐土，就决定了治水的志愿，就揭开了我们近几千年历史的首页。

荀子说："涂之人可以为禹"，为什么现在的人只会叹"万方多难欲何之"呢？

揣摩叹者的心理，万方多难既是事实，那就没有法子可想，"欲何之"者，无所之也；但是未尝不希望靠一种神通，使"一切灾殃化灰尘"，此方此土，立刻涌现庄严宝相，极乐无上，然后舒舒服服过一辈子。如果叹者之辈出来声辩，说心里确实不曾有过这样的希望，我还是要一口咬定他们是这样希望的，这种希望不生根在他们的意识里，就生根在他们不自觉的下意识里。最合他们心意的进程是这样的：在什么地方有一个"暂隐所"，好比剧场里的后台，让他们安安稳稳地藏在那里；于是由所谓"神通"出来摆布，好比舞台上布景的职员，他们把破板凳，缺脚床，空米罐，烂铜锅急速搬开，换上摇椅，沙发，花瓶，镜框……一件件都布置得非常妥帖，然后揭开帘幕，让在后台休息的演员们出来演一出喜剧。这果真又写意又有趣，可惜的是，在这多难的万方里很难找到一个后台，很难找到一个"暂隐所"。陶渊明先生大概是曾经找过的，结果只不过做了一篇《桃花源记》，聊以解嘲而已。退一步说，就算这个"暂隐所"竟然被哥伦布发现了，而神通由谁来使又是个问题。叹者之辈都到后台休息去了，当然决不会在台上显什么神通。要是说等待《封神榜》里的一班天神出来，那么无神论的常识现在已经普及，大家知道这是近乎愚妄的想头了。所以即使发现了"暂隐所"还是不行，何况那是决不会发现的。结果仍旧只好站在多难的万方中的一方，唉声叹气地吟着"欲何之……"。

禹所不为的，在叹者之辈却认为走得通的道路。其一，给浪头抱去，给大鱼吞去，换句话说，就是不要这条小性命。其二，化而为鱼，以期适应生存于洪水，换句话说，就是也去打枪，放炮，当小偷，做绑票。

如果对于这两条路都有点不愿意走，那么徒然叹息决不是路，上面已经说明"此路不通"了。

1925年1月2日作

苏州"光复"

革命，一般市民都不曾尝过它的味道。报纸上记载着什么什么地方都光复了，眼见苏州地方的革命必不可免，于是竭尽想象的能力描绘那将要揭露的一幕。想象实在贫弱得很，无非开枪和放火，死亡和流离。避往乡间去吧，到上海去作几时寓公吧，这样想的，这样干的，颇有其人。

但也有对于尚未见面的革命感到亲热的。理由很简单。革了命，上头不再有皇帝，谁都成为中国的主人，一切事情就能办得好了。这类人中以青年学生为多。上课简直不当一回事；每天赶早跑火车站，等候上海来的报纸，看前一天又有哪些地方光复了。

一天早上，市民相互悄悄地说："来了！"什么东西来了呢？原来就是那引人忧虑又惹人喜爱的革命。它来得这么不声不响，真是出乎全城市民的意料之外。倒马桶的农人依然做他们的倾注涤荡的工作，小茶馆里依然坐着一壁洗脸一壁打呵欠的茶客。只有站岗巡警的衣袖上多了一条白布。

有几处桥头巷口张贴着告示，大家才知道江苏巡抚程德全改称了都督。那一方印信据说是仓卒间用砚台刻成的。

青年学生爽然若失了，革命绝对不能满足他们的浪漫的好奇心。但是对于开枪、放火、死亡、流离惴惴然的那些人却欣欣然了，他们逃过了并不等闲的一个劫运。

第二年，地方光复纪念日的晚上，举行提灯会。初等小学校的学童也跟在各团体会员、各学校学生的后头，擎起红红绿绿的纸灯笼，到都督府的堂上绕行一周；其时程都督坐在偏左的一把藤椅上，拈髯而笑。

在绕行一周的当儿，学童就唱那练熟了的歌词。各学校的歌词不尽相同，但是大多数唱下录的两首：

> 苏州光复，直是苏人福。
> ……
> 草木不伤，鸡犬不惊，军令何严肃？
> 我辈学生，千思万想，全靠程都督。

> 哥哥弟弟，大家在这里。
> 问今朝提灯欢祝，都为啥事体？
> 为我都督，保我苏州，永世勿忘记。
> 我辈学生，恭恭敬敬，大家行个礼。

可惜第一首的第二行再也想不起来了。这两首歌词虽然由学童歌唱，虽然都称"我辈学生"，而并非学童的"心声"是显然的。

革命什么，不去管它。蒙了"官办革命"的福，"草木不伤，鸡犬不惊"，什么都得以保全，这是感激涕零，"永世"不能"忘记"的。于是借学童的口吻，表达衷心的爱戴。此情此景，令人想起《豳风·七月》的末了几句：

  跻彼公堂，
  称彼兕觥，
  万寿无疆。

致死伤的同胞

　　我想见你们激昂而又悲愤的面容，我想见你们高亢而带辛酸的呼号，我想见你们各含着一腔不平的气，我想见你们各怀着一颗纯赤的心。我又想见奴隶的奴隶狠毒地抬起枪枝来，我又想见那些枪枝里射出无论如何总归是罪恶的子弹。啊！不堪再想，但是又怎能不想。我想见你们震怒地跌倒了，死的死了，伤的伤了。我想见鲜红的血淌在你们身旁，还是突突地沸腾。我想见你们的眼睛大大地睁着，还是怒对着仇人。我唯有十二分地悲悼，十二分地虔敬，来对待这严重的惨酷的新闻！

　　他们杀伤你们，我知道也会杀伤我。你们遭到枪击而死而伤，难道单只是你们的命运么？我知道，凡是要这个民族，要这个国家的，对于奴隶们的措施一定会反对。开一个会，聚起许多人来游行，正是反对的初步表示，可谓平常之至，当然之至。但是他们丧了心，昏了头，就会叫他们的奴隶开枪！那么，我如果在那里，死伤的就是我；我的邻居如果在那里，死伤的就是我的邻居；全国的非奴隶们如果在那里，死伤的就是全国的非奴隶们。你们的死伤，是代表这么多的人吃苦受辱；对于你们，固然十二分地悲悼，但是可悲悼的仅止于你们的死伤么？他们开枪，表示他们已经下定决心敌对这么多的人；杀伤你们，固然十二分地可恨，但是可恨的仅止于杀伤你们么？

我相信世界上只有两类人，欺人的与被人欺的。缩小范围来看，这个国度里也清清楚楚认得出这两类人的界线。命令放枪的，赞同放枪这件事的，乃至于微微觉得这件事有点儿快意的，自然都是"欺人的"。他们有顽固的头脑，有卑劣的贪欲；他们不要这个民族，不惜让它衰微，他们不要这个国家，愿意促它灭亡；同时他们是别人的奴隶。你们死了的，伤了的，我的许多认识的不认识的朋友，以及我，不用讳言自然都是"被人欺的"。但是我们有深刻的悲悯，有坚强的意志；我们要这个民族，希望它会壮健，我们要这个国家，相信它会永存；我们始终不肯做别人的奴隶。只有两类人，非此即彼，非彼即此，决没有徘徊于两类之间的。三月十八日北京的枪声就像归队的信号。在我们这边的，已经听见信号而且嗅到我们的代表的血腥了，赶快集合起来吧！

我们再不用多说废话了。要是责备他们不该放枪，说他们没有道理，我就认为这个意思不必说。他们是我们的仇人，当然我们也是他们的仇人，仇人相见还该让座献茶么？唯有放枪才是他们的正经事，他们的道理。我们只消问自己：仇人当前，情势严重，如何才是我们眼前的正经事，我们应当尽的道理？

北京死伤的同胞们，我听见了你们的惨酷的消息，悲悼地虔敬地作如是想。

1926年3月19日作

知识分子

有些研究历史的人说我国的传统政治是"中国式的民主",他们的论据是:我国的传统,政府中的官吏完全来自民间,既经过公开的考试,又把额数分配到全国各地,并且按一定年月,使新分子陆续参加进来,由此可见我国政府早已全部由民众组成了。

"民主"这个词儿来自西方;不是我国所固有,咱们也不必考据这个词儿的语源,大家心目中自然有个大致共通的概念。总之,咱们决不把通过考试的办法选出一批人来做官叫做民主,就像咱们决不把一家老板店,因为他选用了张三李四等人做伙计,就认它是公司组织。在传统政治上,做官只是当伙计。伙计之上有个老板在,就是皇帝。汉唐盛世也罢,叔季衰世也罢,皇帝总是"家天下"的。他行仁政,无非像聪明的畜牧家一样,给牛羊吃得好些,好多挤些奶汁。他行暴政,也只是像败家子的行径,只顾一时的纵欲快意,不惜把自己的家业尽量糟蹋,结果至于家破人亡。皇帝而能"公天下",站在民众的立场,为民众的全体利益着想,那是不能想象的事。如今咱们心目中的民主却是真正的"公天下",全体民众个个是老板，成个公司组织，决不要一个人当老板，由一批伙计来帮他开店。那些研究历史的人也知道，要是把我国的传统政治认为咱们心目中的民主，那未免歪曲得过了分，自己也不好意思，因此只得勉勉强强加上"中国式的"四个字，以便含混过去。至于他们为什么要这么说，说得委婉些，可以借用《庄子》里所说的，"夫子犹有蓬之心也夫"。说得直捷些，就是他们想做官，为了想做官，宁可违犯几个月以前发布的《审查图书杂志条例》中"不得歪曲历史事实"的条款。

放过那些研究历史的人不谈，且来谈谈做官。自古以来，做官好像是知识分子的专业，固然很有些官儿并不是知识分子出身，但是知识分子的共同目标就是做官却是事实。换句话说，就是要找个老板，当他的伙计，帮他的忙。"孔子三月无君则皇皇如也"，你看他找老板的心情何等迫切。像孔子那样的人物，虽然时代不同，不会有现代人心目中的民主观念，可是由于他的仁心，不能不说他心在斯民。然而他如果真个找到了个信用他的老板，就不能不处于伙计的地位。为老板的利益打算，至少不得损害老板的利益。而那老板的利益与民众的利益是先天矛盾的，那老板是以侵害民众的利益为利益的。所以"致君尧舜上"只成为自来抱着好心肠的知识分子的梦想。尧舜当时是否顾到民众的全体利益，史无明文。咱们只知道一般历史家的看法，尧舜而后再没有比得上尧舜的皇帝。梦想不得实现，于是来了"不遇"的叹息，来了"用舍行藏"的人生哲学。这是说，没有老板用我，我找不到个合适的老板，我就不预备当伙计就是了。那当然与老板毫无关系，他只是我行我素，照样以侵害民众的利益为利益。

做官也着实不容易。做官做到宰相，一人之下，万人之上，总算到了顶儿尖儿了。而且，在前面所说那些研究历史的人看来，宰相制度是"中国式的民主"的最好表现。他们说在明朝以前，宰相是政府的领袖，皇帝的诏命非经宰相副署，不生效力，于此可见皇帝并不能专制。然而，单看汉朝一代，丞相因为得罪而罢黜的，被杀的，自杀的，就有不少。皇帝这个老板是很难侍候的，规谏他过了分，逢迎他不到家，都有吃官司的可能。俗语说"伴君如伴虎"，实在不算过分。所以二疏勇于早退，传为千古美谈。某人终身不仕，值得写在传记里，好像是一件了不起的事。这不是说他们看透了皇帝的利益与民众的利益矛盾，故而不屑当皇帝的伙计，去侵害民众的利益，只是说他们比一般知识分子乖觉些。能够早早脱离危险，或者根本就不去接近危险罢了。一些高蹈的诗歌文章大抵是从这样来的。元朝人写些曲子，极大一部分表示看轻利禄的思想，骨子里只是说明了在异族入侵的时代，皇帝的伙计更不容易当，或者你想当也当不上。

知识分子似乎没有做皇帝的。历代打天下的与篡位的，都不是知识分子。这因为知识分子没有实力，他注定是个伙计的身份。既然注定当伙计，即使他胞与为怀，立志要为民众的全体利益打算，碰到老板这一关，就只好完全打消。张横渠的"四句教"道，"为天地立心，为生民立命，为往圣继绝学，为万世开太平"，可以说是志大言大了。前三句不去管它，单看第四句，他说要为万世开太平。什么叫太平？依咱们想来，该是指民众都得享受好的生活而言。民众不是空空洞洞的一个概念，是张三李四等无数具体的人。好的生活不是空口说白话，是物质上以及精神上的享受都要确确实实够得上标准。试想，张三李四等无数具体的人的物质上以及精神上的享受都要确确实实够得上标准，这样的太平是皇帝和他的伙计们所能容许的吗？这样的太平真个"开"了出来的时候，还有皇帝和他的伙计们存在的余地吗？所以"四句教"只能在理学家的口头谈说，心头念诵，而太平始终开不出来，历代的民众始终在苦难中过活。

能够帮助皇帝的是好伙计。皇帝要开道帮他开道，要聚敛帮他聚敛，要提倡文术就吟诗作赋，研经治史，要以孝治天下就力说孝怎样怎样有道理，这些人所得的品评虽然未必全好，可是在当时总可以致身显贵，不愁没有好的享受。然而与民众的全体利益都没有什么关系，因为他们根本没有从民众的全体利益出发，他们只是帮了皇帝的忙。你看，司马光编了一部史书，宋神宗赐名《资治通鉴》，"资治"，不是说这是皇帝的参考书吗？司马光当然是个好伙计。还有王安石，他的新政没有能够推行，而今人却认他为大政治家。现在不问他是不是大政治家，单问他计划他的新政，到底为宋室打算，还是为民众的全体利益打算？想来也只能说他是宋神宗的一个好伙计，而不是代表什么民众的利益的吧。你要做官，不论做得好做得坏，只能站在皇帝的一边。站在皇帝的一边，自然不能同时站在民众的一边。武断一点说，我国历史上就不曾有过站在民众一边的官。

用考试的办法选出一批人来做官，当皇帝的伙计，就说这是民主，那是小孩儿也骗不动的。不料偏有人要想骗这么一骗，真可谓其愚不可及也。

时代过去了，皇帝没有了，国家的名号也换过，改称民国了，可是看看教育界的精神，还是在那里养成一批伙计，看看大部分的知识分子，还是一副伙计的嘴脸。这倒不是民主能不能实现，民众能不能做成老板的问题。到机缘成熟的时候，就会来这么一个激变，那时候，该实现的实现了，要做成的做成了，只有知识分子守着传统的伙计精神，以不变应万变，却是绝对没有安身立命的余地的。

不一定要住在都会里

现在从事文艺创作的人,从发表的作品来看,似乎大部分是住在都会里的。这是必然的现象:都会是潮流激荡的大海,住在里面的人自然受到它的沾润;学校里的教学,报纸的鼓吹,师友的讲习,都足以引起对文艺的兴趣,进一步就努力于文艺的创作;社会现象的黑暗,传布消息的便捷,又极易刺激富于创作力的人的心灵,引起他的种种情绪,不能自已,必欲表现于文字而后快。我想这些就是创作产生于都会的原因了。

但是作家集中于都会,也不是文艺界的好事,我们既然有这么些同地同时同趋向同期求的一大群伴侣,彼此有什么忧思、疾苦、快乐、希求、特性、专长等等就一概不容埋没,应该全都表达出来,使彼此大家知道,也使其外的人大家知道。这所谓忧思、疾苦、快乐、希求、特性、专长等等,要是全群的、普遍的,不是部分的、偏举的,须得从全群人们心的深处去听,单用举一反三的简单方法是不甚可靠的。居住在都会的作家即使能听到都会里的人的心的最深处,也只是考察了全群的小部分,都会以外的人不知要多上若干倍,他们的心声可没有听到。因此他所写的作品感人的力量就不能普遍。入于人心的文艺原是从人心里提取出来的,写成了文艺,还是贡献给大群,这才是具有普遍性的文艺。这种文艺的产生,我以为先要做到作家不一定住在都会里而后有望。

一位友人曾对我说:"现在有许多治文学的。治文学而喜爱创作的,很想作欧美之游,以为这对自己必然有很大的进益。其实文学不比别的,就自己修养说,无待于所居必为欧美;就吸收原料说,凡所接触都足以供我抒写;况且要想建立我国的新兴文学,尤须从我国全群人的心中去吸取材料,从我国全群人的前途着想而点起引路的灯来,那么侨居欧美,与中国大众隔膜,岂不是正好相反的打算?所以今天的作家应当多多旅行国内各处,无论穷乡僻壤,山村水集,都须印有作家的足迹;各种社会,各种生活,都该汇入作家的脑海。作家如果真有这样的热诚和兴致,我想我国有世界价值的文艺的产生决非渺茫的事。"这位朋友的话正合我的心意,我愿同时代的作家经常作国内各地的旅行。

不仅是旅行,文艺家还应当居住在乡僻之区,贫民之窟。愚昧和贫苦同样是不幸的事,我国全群人的绝大部分陷入其中,当然最先要帮助他们一跃而起,脱离这不幸的魔窟。试到小村落里或是都会的贫民区里去,你就可以听到一些鄙俗,惨苦,简直同于叫喊哭泣的歌声。他们虽然不幸,但是也有人类爱美赏美的根基——喜爱唱歌。这就是他们的一种表示:他们非常需要文艺家。文艺家领受了他们的期求,与他们一起居住，自己的心和他们的心同其呼吸。顺应他们的需求，指引他们的路径，创作很好的歌给他们唱，使他们的叫喊化为乐曲，哭泣转成笑声，这是何等有意义的事业啊！

作家们，你们不一定要住在都会里。

魔 法

到民间去！到民间去！阁下是公爵么？侯爵么？贝子么？贝勒么？阁下现在住的是天上的琼楼玉宇，皇家的深宫巍阙么？

本来是民众，本来在民间，何所用其"到民间去"？鱼游于水，却号呼着"到水中去"，不是虚伪浮夸的坏鱼么？

我知道了，在漂亮地号呼着这句口号的时候，魔法在那里使弄它的神通了。

第一套，它幻化成一乘华美的飞艇把你载着，上升上升，你开始还看得清下方人的头顶，继而只看见模糊的黑点，末了是一片混茫，只约略记得其中包含着成千成万的生物。你于是靠着飞艇的绿绒的窗沿悲悯地想，"这是民众，这么扰扰攘攘多可怜！"于是不禁脱口而呼道："到民间去！"

一套完毕，再来第二套。它幻化成一所庄严又富丽的宫殿把你留着，周围是葱翠的林木，珍异的鸟儿上下飞鸣，你偶尔从林隙望去，看见路上丧家犬似的人们来来往往，仿佛有一条长鞭子紧跟在背后；或者在你午睡梦醒的时候，听见繁碎的鸟声中混杂着一片"邪许"声，同时又闻到血腥和汗臭。你于是放下半盏清茶悲悯地想，"这是民众，这么扰扰攘攘多可怜！"于是不禁又脱口而呼道："到民间去！"

到民间去做什么？这还待问么？自然是教训他们，指引他们，帮助他们，援救他们了。佛说，"我不入地狱，谁入地狱？"总而言之，这就是入地狱主义。老实不客气，鄙人就是我佛。

我佛之与地狱里的小鬼，其间相去何止十八层？一位"鄙人"忽然不次升迁，化为十八层以上的"我佛"，这是魔法的第三套。

虽然一齐喊着"到民间去"，但是下面这种情形也是常情所难免：坐飞艇的往往喜欢找坐飞机的，住宫殿的往往喜欢访住园林的，而我佛总是同罗汉们坐在同一个寺院里。这样，坐飞艇的与坐飞机的，住宫殿的与住园林的，我佛与罗汉们，还不是"咱们一伙儿"么？"咱们"唱得顺口了，自然而然会漏出"他们"来——"他们"是谁？是民众呀。于是一条鸿沟横隔在"咱们"与"他们"中间了，这是人工凿成的，就像巴拿马运河。

原没有彼岸与此岸，却吃饱了没事做，特地凿起一条鸿沟来，然后唱着："到彼岸去！到彼岸去！"这是魔法给你的好处，你如果不以多事为嫌，自然应该感谢的。至于到底能去不能去，当然是另外的问题。依我的愚见，无论你能够造船也罢，能够架桥也罢，总不如自始就不要凿这条鸿沟的好。因为你即使用船只或者从桥上渡了过去,而"此岸""彼岸"的见解已经深深地种在心里,不可磨灭,这就和没有渡过去并无两样;又何况你究竟能不能造船或者架桥还是个疑问呢。

从前人说"正能克邪";魔法之类总算不得什么正道吧,只要你心地清明,魔法的神通就化成一阵轻烟吹散了。试试看,试试看,先服一颗清心丸。

你试想:进学校受教育好比偶然中了彩票,书面和口头的学问就像会场里飘飘地挂着的花纸,彼此的所知所能只不过方面不同罢了,谁也未必多过了谁。这样想的时候,你眼前就没有华美的飞艇,当然不会飞升起来,你只与所有的人一同站在地面上;你就破了魔法的第一套了。

你试想:袋里多几个钱无非不动手的窃掠,服用好一点只不过多光顾了几回百货公司,用力气,流血汗,彼此都是半斤八两(说不定你还不及人家呢)。这样想的时候,你眼前不见有庄严又富丽的宫殿,当然你不会独自深居在里头,你只与所有的人一同挤在大街小巷之中;你就破了魔法的第二套了。

同时你就不会自认为先觉者,自认为有力者。教训和指引,帮助和援救,都是些大言不惭的欺人之谈,你将唾弃唯恐不尽了。你只会这样想:世界如果是地狱,谁都是小鬼,你也是一名小鬼;直到世界化而为天堂,谁都成了佛,那时候你当仁不让,自然也是一尊佛。——不是又破了第三套么?

于是你同所有的人全包在"咱们"里头,再没有什么"他们"。你好像一片平原上无数草中的一株,回头四望,青青的,摇摇的,全是你的伙伴。这片平原非但没有鸿沟,简直一条小溪都不存在。你高兴的时候顺着轻风唱歌,就说,"咱们住在这里,咱们住在这里",——决没有"他们住在那边"。

哈哈,魔法完全失败了!魔法的失败,恢复了平常的原本的你。你旅行需要结伴呀,你要生活也得结伴。你所有的,仅有的伙伴不就是围着你的一切人么?你自然要拉住他们的手,钩住他们的肩膀。手拉得愈紧,肩膀钩得愈牢,还有什么不相协调不相理解的事呢?

这样地拉着钩着,到底是向西天呢还是向地狱,现在姑且不论;但是比起高高地乘着云端里的飞艇,默默地住在深深的宫殿里,以及特地凿起鸿沟,然后站在此岸望彼岸来,至少要不寂寞有意思得多了。可惜的是,清心丸并不容易弄到。

独善与兼善

古人谈立身处世，有所谓"穷则独善其身，达则兼善天下"的说法。穷并不是说没有钱用，没有饭吃，而是说得不到时君的看顾，就是不能够得君行道。那时候只好自顾自，勉力做个好人，这叫做独善。达是穷的反面，就是让时君看上了，居高位，做高官。那时候你有什么抱负可以施行出来，使民众得些好处，这叫做兼善。古代的知识分子，除开那些没志气的不说，单说那些极端有志气的，他们只能在穷啊达啊独善啊兼善啊两条路上走一条，没有第三条路可走。因为从前所谓天下是皇帝的私产，谁要对天下作什么事务，必须得到皇帝的任用，至少也要得到皇帝的默许，否则就无法作，硬要作就是违碍，非遭殃不可。譬如著书立说，启迪民众，也算是一种影响到天下的事务，如果你循规蹈矩，不违反皇帝的利益，皇帝就默许你，由你去著书立说，不来管你；如果你要说些不利于皇帝的话，皇帝就不能默许，于是焚稿，劈版，杀头，戮尸，种种的花样都来了。你觉得如果碰到这一套挺麻烦，就只好把要说的一番话藏在肚肠角里，隐居山林，诗酒自娱，实做个独善其身。眼见生民涂炭，天下陷溺，也只好当作没有看见，哪怕你心热如焚,实际上还是形冷如冰。从来真有志气的人往往不得志,看他们写些诗文,往往透露出一腔牢骚,其故就在于此。再说那些达的,可以举历代得位当政的一班政治家为例,他们来尝不作些好事,使民众得些好处,但是也不过像牧人一样,好好看顾牛马,无非为了主人,使主人可以多挤些牛马的奶汁,多用些牛马的劳力罢了。无论他们怎样存心兼善,民众还是离不了牛马的地位,如果认定牛马的地位说不上什么善,那么兼善简直是空话。说句幼稚的话,古代要行兼善只有皇帝才行得通,他若不把民众放在牛马的地位,他就兼善了。但是,不把民众放在牛马的地位,他皇帝怎么做得成?有那样的傻皇帝吗?至于知识分子,注定的只好独善,没法兼善。并且,要能独善,总得有田有地,有吃有穿。得到那些供给,或由祖宗遗传,或由自己弄来,似乎毫无愧怍;可是踏实一想,无非吸了牛马的血汗,与皇帝大同而小异。那么,独善果真是"善"吗?看来也大有问题。

到如今,皇帝的时代过去了,所谓天下是民众的公产。对于这份公产,大家自己来管理,大家共同来管理。就自己管理而言,见到民主的精神。就共同管理而言,见到组织的重要。"四海之内皆兄弟"的情感,在从前是只属于伦理的,如今因为共有一份公产,从实际生活上见到彼此的相需相关,伦理的之外又加上经济的,关系的密切简直达到没法分开的地步。在这样的情形之下,事情干得好大家好,干不好大家糟,没有什么独善可言。也可以这么说，即使你喜欢独善，也得通过兼善才做得到真个独善。如今时代与从前不一样，如今是独善兼善混而不分，而且非"善"不可的时代了。如今无所谓穷，惟有知能不足，不懂道理，办不了事，那才是穷。那样的穷，独善兼善都谈不上。如今也无所谓达，懂得道理，办得了事，独善兼善双方顾到，也不过是尽了本分，没有什么所谓达的。虽然没有什么所谓达的，兼善却万万不可放松。如果一放松，你就是拆了大家的台，使大家吃亏。并且大家之中有个你在，也就是使你自己吃亏。自己吃亏是最为显而易见的，除了傻子谁愿意？

以上的话虽属抽象，对于如今的知识分子却有些关系。本志的读者是中等学生，在知识分子的范围里，所以我们要在这儿谈这个话。我们以为如今的知识分子固然要继承从前的文化传统，但是继承必须是批判的而不是盲目的，值得继承的才继承，否则就毫不客气，抛开完事。关于立身处世的传统，像"穷则独善其身，达则兼善天下"的说法，就非抛开不可。若不抛开，就将一塌糊涂，做不得民主国家的公民。你讲穷达，无异承认社会上有个排斥你赏识你像皇帝那样的特权阶级，而这个特权阶级非但不该有，假如实际上有也要把它打倒，如何能加以承认呢？你讲穷则独善，达则兼善，无异说你有燮理阴阳，治民济世的大才，你没有看清如今作事，为自己也为大家，为大家也为自己，并没有一种特别叫作治民济世的事，这个错误又如何要得？认识一错，全盘都错，你受教育就不明白为什么受教育，你作事就不明白为什么作事，你成了个古代的知识分子，距离民主国家的公民却有十万八千里。我们想，如今的知识分子第一要不把知识分子看得了不起。知识分子了不起乃是知识封锁时代的现象，民主国家知识公开，知识共享，人人有了知识，人人成为知识分子，也就无所谓知识分子了。第二，要在实际生活中贯彻着"四海之内皆兄弟"的感情，真正见到彼此同气，不能分开，于是各自去参加"大家自己来管理，大家共同来管理"的某项事务。见解如此，才算脱去了古代知识分子的窠臼。

单管认识与见解，不顾日常的实践，还是不济事。做个民主国家的公民，必须随时随地实践，随时随地顾到共有的这份公产，才能使国家真个成为民主国家，自己与他人并受其益。譬如政治，就不能不管，有些人以为政治是罪恶的渊薮，管政治是卑琐龌龊的勾当，不去管它才是清高。其实这是古来知识分子的想头，与如今全不相干。按如今的说法，管政治并不等于做官（进一步说，官也可以做，只要明白做官是为公众办事，并不是去作威作福，鱼肉公众，就好了），只是管理自己与公众都有份的事而已，那些事太切身了，非管不可。选举保长乡长了，知道这关系到一保一乡的福利，就不该随便填个人名了事，更不该放弃选举权，不去投票。见到了什么意思，或者是积极的建议，或者是消极的指摘，知道不建议不指摘将会坏事，就不该想多一事不如少一事，让见到的意思在头脑里消逝。诸如此类，不能尽说。总之，凡是该管的样样都认真的管，才是实践。又如与大众为伍，要真个感到彼此为一体，这种习惯也不能不努力养成。从前的知识分子大多抱个人主义，喜欢超出恒流，即或有所交往，也只限于同辈，对于操劳力耕的工人农人，就看作下贱之徒，避之若浼，民胞物与，只在谈道学的时候么说说，在作文的时候么写写而已。如今彼此既同为国家的主人，无所谓高贵与下贱，而实际生活中又必须相济相助，搅在一起，所以文艺作者有深入民间的切需，知识青年有回到乡村的必要。其实说深入似乎未妥，深入了可能还有出来的时候，如果出来，岂不是仍在民间之外？若说"没入"民间，像一滴水，顺着江河归于大海，永不复回，那就更妥帖了。说回到乡村，也不是回去调查调查，考察考察，或者劝说一番的意思，大致也在于"没入"，乡间比之于大海，回去的青年就是一滴水。要真个做到如此地步，必须脱胎换骨，把沾染在身上的从前知识分子的坏习气完全消除，向大众学习，与大众共同学习。这又是非实践不可的事。

如今虽然有人嫌民主讨厌，又有人以为我国谈民主还早，可是我们相信民主是当前最好的共同生活方式，必须求其从速实现。就知识分子而言，其知识是可贵的，可是传统的精神必须革除，新的实践必须养成，才能够排除民主的障碍，促进民主的实现。这儿说了一番话，请读者诸君加以考核，如有可取，希望采纳。未尽的意思以后再谈。

从焚书到读书

人类真是奇怪的动物,有所谓"智慧"。以有智慧故,从最初劳动时或惊骇时所发的呼声,进化而为互通情意的语言,由语言而造出文字,用文字记载事物,产生"书"这一类东西。

书,又是奇怪的东西:说它可爱呢,书确然把人类过去从奋斗中得来的经验和理论告诉后来的人,给后来人指出努力的方向。说它可恶呢,自从书把经验和理论告诉了后来人,就使阶级化了的人类社会常常感到不安。

在可恶这一点上,二千一百多年前聪明的秦始皇已经感觉到了,他就采取激烈手段,索性把藏在民间的书统统付之一炬。这个手段究竟太激烈了,不久就有不读书的刘项二人起来把妄想传之万世的秦朝打倒。后来的皇帝更加聪明,他们知道既然有了"书"这件东西,要根本毁灭它是不可能的,与其"焚",不如索性让人家"读",不过"读"要有一定的范围,一定的方法,于是找出几种有利于当时社会的支配阶级的理论的书,定名为"圣经贤传",其他诸子百家就是"异端邪说",都在"罢黜"之列,此外还定下个"使天下英雄入吾彀中"的科举制度。一般人读了圣经贤传,不难在科举制度下名利双收;要是读异端邪说的书,就是"非圣无法",可以使你身首异处。那时奖励青年们读书有四句口号道:"天子重英豪,文章教尔曹;万般皆下品,唯有读书高。"

现在科举制度早已废止了,但是科举的精神依旧存在。政府的煌煌明令,学者名流的谆谆告诫,都说"青年应该读书"。读什么书呢?他们没有说,大概是因为有所谓"标准"在,不用细说了。合乎标准的,读了有文凭可拿,有资格可得。不合乎标准的,就等于从前所谓诸子百家,是异端邪说,教师不敢介绍,书店也不敢刊行,青年们更少有读到的机会了。不过社会究竟在进步,口号和以前不同了:"非圣无法"现在简称为"反动","……唯有读书高"现在变而为"读书救国"了。

从"焚书"到"读书",方法和口号尽管在变换,精神却是一贯的。我们不知道叫学生埋头读书的学者名流有否想到这一层。

有志青年何必一定要高攀学府的门墙

对于青年的升学与就业两个问题，我总觉得无话可说，因为我常以为有志的青年大可不必进学校。现在的学校虽然名为新式教育，实质上与前清的教育别无二致，在精神上是始终一贯的。从前的教育要人读五经，要读通儒家的书本，以便代"圣人说话"，而现在则名目改变，形式改变，性质与目的却完全一样，同样的不管读的人是否受用，不管所授的知识是否合乎实用。这种学校培植出来的青年又有什么用呢？刚才杨先生（杨卫玉）说企业家已经不要学校的毕业生做助手了，那么读了书除了当统治者的帮手外，又能做些什么呢？再看如今的教师教授们，真能给学生以理想，真能培养学生终身受用的知能的有多少？我不是说没有好教师，只是说在现在这样的学校制度教育制度之下，即使你是有理想有天良的教师，除了讲解钦定书本之外，又能做些什么？那么，有志的青年，有为的青年，不想做帮闲客帮凶者的青年，又何必去进这种学校呢？

我这种意见也许太不得体了，贵报（《文汇报》）要我来谈升学指导，我却反对读书。可是事实明明如此，我不能昧着良心，为了粉饰太平说谎。我的一个孩子在高中读了一年，他自己觉得在学校读书实在没有意思，不想读了，他举出的几点理由都很充足，家庭会议就通过了他的要求。现在他在书店编辑部里做一点类乎"打杂"的事，他倒觉得满有兴趣，并且自以为学得了很多东西，比十年窗下学得的还多些，而且实用些。我亲自经历的事实如此，我又能说些什么呢？

在这里我不禁想起了陶行知先生，他主张"做、学、教"的教育。在做的时候学，在做的时候教，唯有这样的教育，对青年，对国家社会，才会有益处，否则还是在家里做做柔软操，锻炼锻炼身体的好。陶行知先生生前积极筹办的社会大学，也能够解决我所说的问题。有志的青年不必进正统的学校，要读有用的书，求有用的知识，就该进社会大学，这是个自由的天地。可惜陶先生死了，青年的希望只能寄托在与陶先生一起奋斗的教育战士的身上了。

我心目中的升学问题就是如此。至于就业问题，那就更难说了。内战频仍，凶杀未已，工商凋零，农村破产，社会上失业者已经很多，未失业的天天战战兢兢，说不定哪一天会敲破饭碗，试问青年人又能到哪里去找职业？他听信了你所指导的原则，熟记了你的理论，他就能有饭吃吗？何况你今天站在这里指手划脚地指导人家怎样找职业，说不定明天你就要请求别人大发慈悲收容你。

所以，我想来想去总觉得无话可说，更觉得贵报在今天提出这两个问题来讨论，实在太不合时宜了。

看报偶得

说"不要失了人心",话自然不错。退后若干步,加上个"太"字,说"不要太失了人心",尤其见出悲悯之怀。不过听那声气,不免令人想见摇鹅毛扇的姿态。

摇鹅毛扇的,自己是无所为的,一切为的"主公"。从积极的策划到消极的诤谏,一切为的"主公"。"不要失了人心","不要太失了人心",当然属于诤谏一类,其心良苦,非常显然。

站在人民的立场,声气该有不同吧。该会说"你们必须称我们的心,合我们的意"吧。

这儿所谓"你们",按道理说,该是接受了人民的信任与委托,代替人民办事的。按事实说,固然无所谓信任,也不曾有过什么委托。可是"你们"既然在其位,谋其政,就有"称我们的心,合我们的意"的责任。否则又何必要"你们"。

"人民的世纪"开头,一切都得彻底改变,因袭观念完全要不得。舆论作摇鹅毛扇的姿态,就是因袭观。办事的人不顾"人心",胡为瞎搅,也从因袭观念出发。那因袭观念就是作君作师,由我摆布,固执成见,自以为是;再坏些,就是自私自利，作威作福。存着这样的观念，干这样的事，哪像什么"人民的世纪"？专制世纪的延续罢了，法西斯世纪的延续罢了。但是，人民已经是主人公了，怎么能容许延续？

所以大家要学习，大家要排除因袭观念，革自己的命，开创全新的作风。自己不革命，势必被革。到了被革的时候，就像大卡车轮子下的泥土，睬也没人睬的。

"胜利日"随笔

今天"胜利日",你作何感想?

当然是极度的高兴。我有生之年是甲午,从甲午到今年五十二年,这五十二年中,我国人受了日寇不知多少侵害,就我一家而论,也受了日寇好几回直接损伤。现在日寇投降了,以后他们会不会彻底悔改,固然要看同盟国家的管制如何,日本全国人民的觉醒如何,可是仇恨的"前账"可以结一结了。结清前账,心头一松,极度的高兴在此。

从今天起,第二次大战结束了,世界上法西斯的最后堡垒倒塌了,虽然有些"法西斯细菌"还待各国人民努力清除。若问"老百姓的世纪"什么时候开始,就全世界而言,可以说开始于今天。老百姓的世纪与以前的世纪有什么不同?我回答说:老百姓的世纪将实现法国革命时候的三大原则"自由,平等,博爱"与罗斯福先生提出的四大自由"发表的自由,信仰的自由,免于匮乏,免于恐惧"。这三大原则与四大自由是实实在在对老百姓有好处的,在物质生活精神生活上都有好处的,怎能叫我不极度高兴呢?

还有旁的感想吗?

我愧对牺牲在战场上的士兵同胞,愧对牺牲在战场上的盟军。

我愧对挟了两个拐棍,拖了一条腿,在东街西巷要人帮忙的"荣誉军人"。

我愧对筑公路修飞机场的"白骨"与"残生"。

我愧对拿出了一切来的农民同胞。

我愧对在敌后与沦陷区,坚守着自己生长的那块土地,给敌人种种阻挠,不让他们占丝毫便宜,同时自己也壮健地成长起来的各界同胞。

我恨着——今天算是吉祥的日子,恨着的话暂时不说吧。

还有吗?

当然还有,说起来将无穷无尽。"三句不离本行",单就有关本行的说一些吧。战争结束了,老百姓的世纪开始了,图书杂志审查制度应该立刻取消了。要彻底的无条件的取消,再不要什么尺度与标准。凡是身体与精神都健康的人,凡是认认真真生活的人,他们想要发表些什么自有尺度,自有标准。什么是他们的尺度与标准?要自己好,要大家好,不损伤自己的自由,也不侵犯他人的自由:就是他们的尺度与标准。除此而外,如果还有什么尺度与标准,由某些人定下来,要他们遵守,这就是加给他们的精神上的迫害。无论你定得怎样客观,怎样公平,怎样有道理,总之是加给他们的精神上的迫害。只要想,由人家定下尺度与标准,就是划定了个范围,只许在范围里面发表，不许在范围以外发表，四大自由的第一项"发表的自由"不就受了侵犯吗？说这是精神上的迫害，理由就在此。所以这个制度要立刻取消，要彻底的无条件的取消，让大家得到发表的自由，像捡回一件失去已久的宝贝一样。

也算呼吁

按传统观念说，干实际政治的人最紧要的事是"得民心"，在"人民的世纪"里，说法就不同了，干实际政治的人最紧要的事是为人民服务，替人民办事，服了务办了事还不算，必须使人民的物质生活精神生活受到实际的好处，才算做到了家。

无论传统观念与新型观念，无论"得民心"与为人民服务，替人民办事，其间有个共通之点，就是必须真正做到个"治"字。这个"治"字就是"政治"的"治"字，也就是字书上训作"处理""整理"的"治"字，凡是叫做"政"的，原来必须处理得妥帖惬当，整理得有条有理才成啊。

治的反面就是乱。凡是叫做"政"的，决不能搅到乱的方面去。如果搅到乱的方面去，就特别称为"乱政"，按传统观念说，必至于"失民心"，按新型观念说，就是违反了人民的利益，必至于受到人民的斥责与唾弃。

以上是原则方面的话，以下就事实方面说。

打内战，就人民的立场说，是无论如何不能容许的。套一句滥调，兵凶战危，古有明训。法西斯势力蔓延起来了，侵略国家攻打过来了，为要保持各自的生存，为要维护人类的和平，才硬着头皮，拼着性命，打了一次惨酷无比的仗。并不是人民喜欢打仗，实在是不得已而为之。现在人类的几个公敌算是倒下去了，怎样扑灭他们的残焰余气，使他们永远不得还魂，正是目前有心人绞尽脑汁的课题。看看各个战区的劫后情况，无非是粮食缺乏，衣料缺乏，经济混乱，交通阻梗。饿啊，冻啊，穷啊，行不得也哥哥啊，这一类的呼声到处可以听见。只要不是忍心害理的人，自然会与自己周围的人通力合作，把社会秩序恢复过来，把大家的生活安定下来，期望在不久的将来，大家过着欣欣向荣的生活。只要不是忍心害理的人，在这个时候，谁还愿意打仗，而且是打内战？内战，算什么呢？自己人打自己人，中了枪弹倒下去的是自己人，受了战事的影响，伤残死亡，颠沛流离的是自己人。这能与消灭法西斯的战争，抵抗侵略国家的战争相比并吗？这也是个不得已而为之吗？岂但并没有什么不得已，简直是完全不顾人民的利益，故意跟人民捣蛋的举动。万不要以为"人民"两字只是个抽象的概念，像"亡是公""乌有先生"之流，尽可以不必管他，要知道这两个字实在包容着张三李四赵五王六等等无量数具体的人。他们没有枪，但没有枪不就是没有力量。他们能想心思，能做工作，他们知道公众的事该怎么办，自己该怎么办，他们又知道信任谁，委托谁，这就是他们的力量。他们并不像可怜的羔羊似的，看见危机在跟前，就跪在地上乞求道：

"求求你们老爷们，请不要打内战吧！"他们不容许打内战，就将凭他们的力量制止打内战。在人民的力量之下，即使是最愚笨的人，也会知道胜负属于谁的。

暴露的效果

在先严禁暴露。凡是越真切越深入的写叙一些事象的文篇，越难出头露面。理由颇为正大，一则说，恐怕动摇了大家对于抗战的信心；二则说，恐怕被敌伪利用作为他们宣传的资料。谁都巴望大家对抗战的信心坚若金汤，谁都不愿意让敌伪得到什么宣传的资料，就觉得严禁似乎情有可原。

其实这样想未免近乎好好先生。你说情有可原，就是同意了"家丑不可外扬"。家丑外扬，固然大煞风景。可是家丑如果永远丑下去，或者越来越丑，岂不是实际上大糟其糕？你既同意不可外扬，同时必须赶紧消除那个丑，才是正理。否则那个丑本身会长了翅膀"扬"出去，你愿意替它遮遮掩掩，也只是空有了个好心；而那个丑到了本身长了翅膀"扬"出去的时候，它的灾祸更将厉害万倍了。好好先生的想头往往是成事不足，败事有余的。

现在检查制度表面上算是取消了。虽然禁止的法门还是不少，如不许发刊，如扣留邮寄；但是就见到的报纸来说，暴露的文篇的确比先前多了些。别的不说，单是包办复员的那些大人先生的举措行动一项，已经占了大部分篇幅；使人起其丑不可向迩之感。外扬吧，尽量外扬吧，直到再没有家丑的时候。

但是，影响如何呢？似乎也看不大出。在身当其事的人，以前是自己心虚，只怕人家知道，所以造出种种理由来，严禁人家暴露；如今是不再心虚了，心窍翻了个身，胡作非为是正道，偷窃抢夺是权利，为国为民是梦话，为己为私是哲学，所以你们描摹也好，谩骂也好，我总之只当没看见，没听见，还是按照我的哲学我行我素。到此地步，使人觉得暴露的效果竟然等于零。莫非暴露的确无济于事吧？

其实并不然。一般人把家丑作为茶余酒后的谈资，那当然无济于事。或者愤慨一阵，痛骂一通，事过情移，也就罢了，那也无济于事。如果想，家是我的家，丑不该出在我的家里，现在既然出在我的家里，必须把它消灭了才罢休——暴露就产生了效果。

身当其事的人，心窍既已翻了个身，就只能希望一般人都作如是想："家是我的家。"

赠参加政治协商会议诸君

政治协商会议要开了,在本期出版的时候或者已经开。各党的英才和社会的名彦聚在一起开这个会,很不容易,也很关紧要。依我浅陋的想法,诸位必须把"政治"两个字作最常识可是最基本的解释。政治就是公众的事,不仅是在朝党在野党的事,不仅是为写论文开座谈会的学者名流的事,在重庆街头肩起一条扁担等人来雇用的挑夫也有份,在小龙坎田地里舀起粪水浇大脑壳青菜的农夫也有份。诸位协商,必须商出一些切切实实的纲领和办法来,把公众的事办得上轨道,有进步,使公众的生活渐渐好起来。想到公众,国内的打仗就得立刻停止,正在动手的自己停手,站在旁边的劝他们停手。现在仿佛有人这么想,反对内战是川省人所谓"乱说"。那真岂有此理。公众不要内战当然表示反对内战。公众所以不要内战,就只为内战要把生活搅得更苦更惨。倘若说反对内战是"乱说",难道发动内战才是正理?一些无谓的宣传,骂人的言辞,都应该收拾起来了,与会的诸位必须尽力协商,制止那些宣传和言辞。人与人之间,你说我不对,我说你不合,称做诤友。这儿有条件,发言的一方必须忠恕存心,具有希望改善的诚意。没有这个条件，出言不择，信口乱骂，把所有最恶劣的字眼都用出来，那是自己宣告人格破产，其中毫无"诤"字的意味。人家听了，也知道无非那一套，徒然引起人家的厌恶，决不会发生积极的作用。党与党之间亦然如此。即使是指摘，斥责，也不要违忠恕。不仅口头笔头要忠恕，尤其存心要忠恕。组政党，争政权，照我的迂拙之见，无非要把自己的知识才能贡献出来，为公众服务。不为公众服务的党虽然名属政党，实际上是私党。名副其实的政党一定存心忠恕，因为"公"与"忠恕"是亲生兄弟。

我常有一种幼稚的念头。历来当政的惯用"治民"两个字，所行的或是善政，或是暴政，他们都说自己是在治民。现在则是民国时代，这个传统并无改变。我以为这个传统必须改变。你要治民，你自己就不是人民，你超出于人民之上，这在从前是讲得通的，从前有皇帝，有贵族，他们不是人民，他们超出于人民之上，现在可讲不通了，现在谁都是人民。人民不要由一种特殊的人来治，人民要自治，而且自治是治事不是治人（治民就是治人了）。所谓政府是系取"选贤与能"的意思，人民信任某一些人，就委托他们组织政府，替大家治种种的事。信任愈深，委托愈切，政府的权力愈强固。不经信任与委托，政府就无所谓权力，如果还有权力，那一定是攘夺而来的，非人民所能容许。政府该是专家的集团，服务于人的实行家的组合，而不是"作之君，作之师"的治民的机关。——我写以上那些话，并不是炫耀我的幼稚的想头，既已幼稚了。有什么可以炫耀的？我只望与会的诸位根据你们的经验，凭藉你们的识见，看该用怎样的办法使政府成员受信任被委托，使政府成为受信任被委托的政府。不是要定和平建国纲领吗？纲领定得十二分完美，还是要有个受信任被委托的政府才有效，否则只是白纸黑字。诸位比我高明多了，我见得到，诸位哪有见不到的，写在这里，聊以备忘而已。

多说没有用，只说几句

紧接着李公朴先生的被害，西南联大教授闻一多先生被暗杀的消息又赫然在报纸上出现了。

李公朴先生和闻一多先生是被谁暗杀的，谁都明白。尽管罪恶的制造者用种种方法掩饰，他们自以为掩饰得异常巧妙，都没有用。

"暗杀是最卑怯无耻的行为"，"政治暗杀足以招致国家于混乱"，用这一类话对罪恶的制造者说，显然是无用的。不过我还是希望他们能够从自身的利害上想一想，使用这种残暴恐怖的手段，是不是真能够把人民的声音压下去？还是会更加激怒人民，引起人民用行动来答复？"人生自古谁无死"，今天，为争取民主与和平而呼号的人士，没有一个怕死的。

在人民的世纪里，竟容许这种卑劣残暴，灭绝人性的事件在中国发生，这是全中国人的耻辱，也是全人类的耻辱。我要向全中国全世界的人控诉，大家要用行动来洗雪这种耻辱。

据理论而言

最近某大学招考新生，国文作文试题是《防民之口甚于防川论》。很有些应试的同学解错了题目，作出来的文字牛头不对马嘴，传说开来，大家又攒眉蹙额，认为学生国文程度低落又得了个实证。其实这未必能算什么实证。高中毕业，不一定读过《国语》里那篇厉王止谤的文字，是一。什么"甚于什么"的句式，在熟习文言的人自然易于相机解悟，遇到这一句，就会领会"甚于"的意思是"其危险甚于"，但对文言不大熟习的人就办不到，是二。所以，毛病还在于出题目的先生太喜爱引用成语了，如果换个《言论自由论》或者什么，意思差不多，应试的同学作出文字来，该不至于牛头不对马嘴吧。

现在不想多谈作文试题，只想就"防民之口甚于防川"这句话说说。周厉王施行暴戾的政令，引起了国人的诽谤。大概周厉王自己并没有听见外面的那些诽谤，忠心耿耿的邵公就告诉他说："外面诽谤流行，可见民不聊生了。"厉王不是什么圣王，自不免与一般皇帝同样脾气，只知道责备人家的错处，不知道反省自己的错处。他觉得国人的胡说八道，实在迹近捣乱，就叫卫巫检举那些诽谤的人，一律杀掉。诽谤果然停止了，民间是一片沉默。厉王快活之极，不免向邵公夸耀他的有办法。邵公却更着急起来，说了一大篇话，他的要旨就是"防民之口甚于防川"。

邵公这个话，明明是为厉王着想的。他的话仿佛这么说，你厉王做的有如阻挡河流的工程，一朝河水溃决，会把你一切都淹掉冲掉，也就没有了你。所以这个办法，在你最不合算。你要避免这样大的损失，只有换个聪明的办法，也就是合算的办法，"宣之使言"。可惜厉王让不知什么东西迷了心窍，没有听从邵公的忠谏，结果是"三年乃流王于彘"。

按史家的说法，这到底是上古时代的故事了。至于现在，什么法西斯主义，什么纳粹政治已经激动了人类的公愤，人类正在竭尽了智慧，牺牲了生命扑灭它们，因为如某先生所说，民主制度在今天不仅是一种政治制度，而且是一种人生哲学。据理论而言，现在不会有"防民之口"的厉王了；试想，在民主制度之下，谁的口要谁防？谁的口容谁防？据理论而言，现在也用不着说什么"防民之口甚于防川"的话了；试想，既没有厉王那种角色，又为谁着想，对他进这番忠谏？这儿还得重说一声，以上是据理论而言。

在民主制度之下，除了触犯刑法的言谈而外，无所谓诽谤。大家开口说话，动笔写文字，如果涉及公众的事，积极方面无非是建议，就是说这件事应该这么办；消极方面不外乎指摘，就是说这件事不该这么办：都不是诽谤。就动机而言，建议显然是希望把事办好;指摘虽然有破有立,也出于一腔认真的心肠,希望把事办好:都和徒然抱怨徒然泄愤的诽谤不同。民主制度的时代该是诽谤绝迹的时代,因为大家是和衷共济的一伙儿,其中没有个厉王,自然没有那些诽谤的国人。——这又是据理论而言。

在和衷共济的一伙中间,建议和指摘都该是大家乐于听闻的。大家正在寻求最好的办法,有个建议提出来,也许就是那最好的办法吧,自然竭诚欢迎。大家又在检点彼此的错失,惟恐不自觉察,群己双方都吃了亏,有个指摘提出来,也许正中那错失的要害吧,更将虚心听受。在这样情形之下,是何等美善的境界啊!人与人之间,联系着的是情,是天下一家的情;人与人之间,联系着的是理,是惟求至当的理。社会的进步与康乐,当然不待细谈。

决不会有人讨厌建议。讨厌建议的人往往是包办一切,师心自用的人。他以为他的办法是至美尽善,无可更改,谁对他建议,就等于说他的办法欠美欠善,这是卸他的招牌,拆他的衙门,他所不能忍受的。在民主制度之下,谁也不能包办一切,谁也不容师心自用,当然没有人讨厌人家的建议了。

决不会有人讨厌指摘。讨厌指摘的人往往是身有惭德,胆怯情虚的人。他明知自己有若干缺点,可是利害观念限制着他,既鼓不起改革的勇气,又希望遮遮掩掩,不要让人家知道,即使做不到不让人家知道,总望人家不要挂在口头,当面给他个难堪；而所谓指摘刚刚与这种意愿相反，所以他情不自禁，不能不讨厌。

在民主制度之下，大家办的是公众的事，计较利害也只有公众的利害；个人自不能绝对没有错失，但出发点既在公众，也就"君子之过如日月之食"，无妨公开。家丑不可外扬哩，授敌对者以可乘之隙哩，在这儿都无须乎顾虑；因为跟在后头的是"更也人皆仰之"，错失纠正过来了，"丑"就转而为"美"，即使有什么敌对者也就无隙可乘。情形如此，还有谁讨厌人家的指摘？

在民主制度之下，非但无所谓诽谤，也无所谓争取言论自由（分开来说，就是建议自由与指摘自由）。打个譬方，如今世界上，无论穷的富的，丑的俏的，总算都能够吸收到他所需要的一份空气，也就无所谓争取呼吸自由。有人嚷着争取言论自由，就证明其时行的不是民主制度。至于有人说"防民之口甚于防川"的话，其时行的当然更不是民主制度。就是喜欢翻案立论的史学家，大概也不会说周厉王当时行的是民主制度吧。

1944年8月1日作

又来挽《民主》

在《周报》被迫停刊的时候,我们知道,他们必然也容不得《民主》。我们知道:隔不多久,《民主》也将使用那刺人眼睛的三个字——"休刊号"。

准备着挨的一刀,刺过来觉得更痛。何况我们已经屡次被刺过了一刀。

当然,多刺一刀,我们痛得更厉害。可是,多刺一刀,也使我们恨得更深切。

墨索里尼被枪毙过后,尸首倒挂在米兰市上。有个妇人朝他打了五枪。

为什么要五枪?不是一枪也不用打了吗?

那个妇人有她的道理。她的每一枪为她的一个儿子报仇,她有五个儿子死在墨索里尼的疯狂政策之下。

第一枪为了第一个殉难的,第二枪为了第二个。直到第五枪,每一枪都由于更深切的仇恨。

我们挽《民主》,我们恨。

我们决不肯说"予欲无言";我们要呼喊"记住这个恨!"。

南京事件

今天是五月二十一日，六月号的杂志已经排校完毕，为了昨天南京各大学学生游行，遭受军警压制，致有二十余人受伤的事，我们觉得有几句话冲到喉头，非赶紧说出来不可，所以补入这一篇。

首先，我们要向参加游行的大学生致深厚的敬意。他们提出的两句口号"抢救教育危机！""反对内战毁灭中国！"是绝对不错的。这不仅是他们的话，实在是人人要说的话，他们把它喊出来了。我们愿以中国人的资格拥护这两句口号。

其次，我们要向受伤的同学致诚恳的慰问。历年来大家争取人权的保障，可是始终得不到保障。现在他们流血了，受伤了，他们与北洋军阀时代的学生同其遭遇，这是又一回证明历年来大家的争取太嫌不够，非加上十倍百倍的劲不可。到那时候，由于大家的上劲，人权真的有保障了，谁也不会忘记了他们的。

一个月来，各地的大学都在动荡不安之中，学生罢课游行请愿的消息几乎每天见于报纸。原因不尽相同，或者为了校政不善，或者为了副食品不够。可是往根底上想，就归结到同样的一点，一切由于内战。这是非常自然的，目前各界的人都觉得精神极度苦闷，生活极度艰困，一个为什么两个为什么地问下去，谁都会得到同样的答案，一切为了内战。学生不过比各界的人爽快些，他们用集体的声音喊了出来，用集体的行动表示了出来。谁要说他们别有用心，那就是谁自己别有用心——与一般中国人的用心不同。

昨天在南京游行的包括京沪苏杭十六个大学专科的学生六千余人。昨天是国民参政会第四届第三次大会开幕的日子，学生们结队游行，为的向参政会陈述公众的意见。军警压制他们，根据的是最近政府颁布的《维持社会秩序临时办法》。

军警不足深责，令人愤慨的是那《维持社会秩序临时办法》。现在社会秩序的确很不安定，的确需要维持。但是维持得从根本上着想，把不安定的因素找出来，去掉它。不从根本上着想，却用压制的手段，不许游行哩，限制请愿哩，那只能说是维持权势的办法，哪里维持得了社会秩序！老实说，学生们嘴里喊出来的，一般人心头念念不忘的，那才是维持社会秩序的切实办法。这种办法不得实现，任你用什么压制的手段，社会秩序决不会安定的。

1947年5月21日

致《文汇报》

《文汇报》诸位先生：

被罚停刊，你们当然不颓丧。你们问心没有错，连那罚你们的人也必然自知是借端生事，你们为什么要颓丧呢？可是停刊的确吃了实实在在的亏，你们不能不考究，弄个明白。人家借端生事，成不成个理由？人家要你们停刊，合不合手续？不能说现在没有道理可讲，吃了亏就算了。如果这么想，没完没了的亏就等在后头。我国弄到这么糟，一半固然要怪那些为非作歹的，一半也要怪大多数人，大家存着吃了亏就算了的想头。这种想头对为非作歹的是极大的鼓励，鼓励他们更加肆无忌惮，更加为非作歹。必须考究，必须讲道理，除非他们正正式式公开宣告，现在不讲道理了。书生之见，也许很迂，不知道你们以为如何。愿你们精进不懈，继续努力，在许多种无可看的报纸之外，永远有一种像模像样的报纸。

叶圣陶谨启　七月十九日

谈"利用"

"莫要被人家利用了啊！"最近的抗暴运动发生之后，又有人说这一句了。

"莫要被人家利用了啊！"听听那声音，何等关切，仿佛孟子所说的见孺子将入于井，不禁动了恻隐之心似的。可是过细一想，把对方看成完全不懂事的孺子，未免低估了对方，而太过低估往往是错失，至少有欠尊敬。所谓对方，难道只是些中无所主，是非莫辨，专待人家一脚踢来一脚踢去的皮球吗？不就他们所言所行的本身着眼，辨别个真是真非，单就他们有所言有所行的迹象着眼，叮嘱他们当心被人家利用，说得严重些，简直是否认对方的人格。

"莫要被人家利用了啊！"听听那声音！何等地战战兢兢，如临深渊，如履薄冰啊！按照那意思推广开来，最好是什么都不管，什么都不问，明明有眼睛，只当看不见，明明有耳朵，只当听不见，明明有脑子，只当想不清，那才可以完全避免被人家利用。然而，畏首畏尾，身其余几，这成了个什么样的人呢？就个己说，这是个寂然木然的顽躯，就大群说，这是个于群无补的废料。不被人家利用是做到了，可是生命也完了，在临到死亡之前，一直是不死不活的奄奄一息，不开什么花，不结什么果实。

我们忠厚存心，不愿意猜测说这句话的人怀着什么坏心肠，相信他们全出于一片好心。可是这好心肠里头很有些不好的成分在，一是否认对方的人格，二是引导对方走向畏首畏尾的道路，直到成为顽躯废料而止。这恐怕是说这句话的人没有料想到的吧。

要问明被不被人家利用，其实是很容易的。只要辨明自己所言所行的是或非，同时辨明人家所言所行的是或非，是公谋还是私图，就成了。如果自己所言所行荒谬，而与人家荒谬的私图相凑合，那就是朋比为奸，其恶极大，岂止被利用而已。如果自己所言所行正确，考量人家所言所行也正确，而且确系公谋，那么彼此结合起来，正是志同道合，共策进行，谁也没有利用了谁。

一般的见解，被人家利用好像只是青年们的事。这种见解，自有血气未定或是认识不够之类的话作它的根据。若在中年人老年人，血气定了，认识够了，一切都把得住舵，就没有被人家利用的危险。其实这也不过是想当然罢了，尤其是中年人老年人大多这样想当然。我们倒要劝告中年人老年人，且把一片好心用在自己身上，先问问自己有没有被利用吧。

冲破那寂静

一片可怕的寂静。

寂静为什么可怕？因为寂静邻于死亡，有时候也许就是死亡。身体死亡了，在尸躯本身无所谓可怕；看见尸躯的人也许觉得可怕，然而这只是原始的恐惧心理，仔细一想，也就没有什么可怕。惟有身体机能还存在，而精神已经死亡了，才是真正的可怕。说他死亡，明明没有死亡；吃啊喝啊，一切照常。说他没有死亡，又明明死亡了；活着而不知道为什么活着，该怎么活着，一切没有根，没有源，只是飘飘浮浮的，像个虚幻的影子。这种不死亡的死亡，如果本人觉察出来了，势必大叫起来："我成个什么东西了！还算个人不算！"他叫出这两句，那可怕的程度就可以想见。在旁人看来，只见他是个行尸走肉，有人之名，无人之实，如果人间多的是这样的人，那还成什么人间？这么想下去，不由你不害怕起来。

一片可怕的寂静。

那寂静就是死亡吗？

得不到个回答，只遇见个寂静，可怕的情绪是只会增高，不会消除的。

幸而回答来了。

在某一个集会上,青年人当着中年人老年人慷慨地说,"我们青年人并没有忘了我们该做的事儿。你们中年的老年的先生们肯说肯干,我们与你们是一伙儿。"

在某一处地方,青年人把积蓄在心头的种种问题写了出来,说了出来,邀请许多先生进来共同讨论,求个解答。那一天热烈的情况,据说最近若干年间是仅见的。

还有些谈话的片段。青年人说,"我们并没有消沉,您不能只看外表"。青年人说,"我们明白什么是什么,挂羊头,卖狗肉,对于我们不发生影响"。青年人说,"我们知道有所为,也知道有所不为。您不留意,自然看不出,请从今为始,留意看我们的"。

还有其他。

从此可见那寂静不是死亡。那只是动物在蛰伏时期似的一种状态。动物经过了蛰伏时期,不是要起来飞翔,奔驰,跳跃,在世间各自演出一场生动活泼的戏吗?不是死亡,绝对不是死亡,所以并不可怕。到将来起来飞翔,奔驰,跳跃的时候,更将使人们欢欣鼓舞,喜不可支。

动物从蛰伏到飞翔,奔驰,跳跃,由于季节的改换。青年人在寂静了一阵子之后,旧的季节过去了,新的季节到来了,也就会冲破那寂静,起来飞翔,奔驰,跳跃。如今,寂静达到了它的最高限度,可以说旧的季节即将过去,时势等待着青年人起来飞翔，奔驰，跳跃，可以说新的季节即将到来。青年人啊！起来飞翔吧！奔驰吧！跳跃吧！跳跃吧！以往你们的寂静不是死亡，凭你们的真诚，没有人不相信。今后你们冲破那寂静，起来飞翔，奔驰，跳跃，更将给人个真凭实据，使人硬要不相信而不可得。

动物从蛰伏状态中起来的时候，也许会遇到一阵寒冷，一阵风暴，因而受到伤害。同样情形，冲破寂静的青年人将会遇到一阵寒冷，一阵风暴。人间的季节是比自然的季节更多变幻的。可是青年人并不顾虑这个，就是伤害等候在面前也不顾虑。因为青年人有所信。没有什么东西比"信"更坚强的。此时此地必须行我所信，那就刀锯汤镬有所不避。

说到"信"，细说起来虽有多端，简要说来不过一项。一切思维行动以大众幸福为本位，那是要得的，值得拥护的，应该身体力行的。反过来，一切思维行动不以大众幸福为本位，甚至要牺牲大众幸福，那是要不得的，必须排斥的，应该加以扫荡的。就是这么一项。青年人就信这么一项。

没有这项信念的，即使年纪轻轻，油头光脸，实际上算不得青年人。具有这项信念的，即使年迈力衰，头童齿豁，实际上依然是青年人。通常说青年，中年，老年，只从形貌上判别；若从精神上判别，就得丢开形貌，看他的信念。而前面所说的信念是与青年的世界相适应的。老年的世界将要消亡了，青年的世界正在成长。凡与青年的世界相适应的，才是真正的青年人，精神上的青年人。

真正的青年人啊！精神上的青年人啊！起来飞翔吧！奔驰吧！跳跃吧！

无视客观环境，当然不对。可是，把客观环境看得太严重，把一切责任往客观环境一推，也要不得。

如果客观环境一向就非常之好，也就不会有你们那一阵子的寂静，也就无须乎你们起来冲破那寂静。惟其客观环境不怎么好，甚至非常之不好，才有以往那样的寂静，以及如今的亟待冲破。能不能把客观环境改变过来，全看你们的冲破有没有力量。

"我们反对不顾一切客观条件的观念论的梦呓家，我们反对客观条件决定一切的机械论的懒惰汉。我们承认，一定限度的客观条件是精神活动的基础，但是我们必须指出，政治的发展和文化的发展不是两条平行的直线。不仅如此，在历史上，苦难往往是文化的诞生之母。在西方，古代文化开始于希伯莱的先知，而那些灿若晨星的先知们的预言却正是在犹太国家空前的民族危机中产生的。近代文化开始于意大利的文艺复兴，而文艺复兴最伟大的先驱者但丁的一生，却是在放逐中度过的。在我们的历史中，也不乏光辉的先例。司马迁说，'文王拘而演《周易》，仲尼厄而作《春秋》，屈原放逐，乃赋《离骚》，左丘失明，厥有《国语》'，正是同一的现象。"（《中原》第三期于潮先生作《方生未死之间》）

景慕往哲，固然是好。然而徒然景慕，实际上没有什么好。要紧的是拿出力量来，踏着往哲的道路，从苦难中争取前途的光明。

说到力量，说到争取，说到刀锯汤镬有所不避，那就不是知识方面的事，而是实践方面生活方面的事了。仅仅口头心头有个"信"，不济事。必须一切思维行动贯彻在那个"信"里，沉浸在那个"信"里，久而不渝，终身以之，才成。没有什么东西比它更坚强的"信"就是这样的"信"。

青年人啊！在冲破那寂静的当儿，你们该有这么个准备。如果你们已经有这么个准备，那么，飞翔吧！奔驰吧！跳跃吧！